LA FEMME DE PAUL

GUY DE MAUPASSANT

Copyright pour le texte et la couverture © 2023 Culturea
Edition : Culturea (culurea.fr), 34 Hérault
Contact : infos@culturea.fr
Impression : BOD, Norderstedt (Allemagne)
ISBN :9791041836215
Date de publication : juillet 2023
Mise en page et maquettage : https://reedsy.com/
Cet ouvrage a été composé avec la police Bauer Bodoni

LA FEMME DE PAUL

La Femme de Paul

Le restaurant Grillon, ce phalanstère des canotiers, se vidait lentement. C'était, devant la porte, un tumulte de cris, d'appels; et les grands gaillards en maillot blanc gesticulaient avec des avirons sur l'épaule.

Les femmes, en claire toilette de printemps, embarquaient avec précaution dans les yoles, et s'asseyant à la barre, disposaient leurs robes, tandis que le maître de l'établissement, un fort garçon à barbe rousse, d'une vigueur célèbre, donnait la main aux belles-petites en maintenant d'aplomb les frêles embarcations.

Les rameurs prenaient place à leur tour, bras nus et la poitrine bombée, posant pour la galerie, une galerie composée de bourgeois endimanchés, d'ouvriers et de soldats accoudés sur la balustrade du pont et très attentifs à ce spectacle.

Les bateaux, un à un, se détachaient du ponton. Les tireurs se penchaient en avant, puis se renversaient d'un mouvement régulier; et, sous l'impulsion des longues rames recourbées, les yoles rapides glissaient sur la rivière, s'éloignaient, diminuaient, disparaissaient enfin sous l'autre pont, celui du chemin de fer, en descendant vers la Grenouillère.

Un couple seul était resté. Le jeune homme, presque imberbe encore, mince, le visage pâle, tenait par la taille sa maîtresse, une petite brune maigre avec des allures de sauterelle; et ils se regardaient parfois au fond des yeux.

Le patron cria:—«Allons, monsieur Paul, dépêchez-vous.» Et ils s'approchèrent.

De tous les clients de la maison, M. Paul était le plus aimé et le plus respecté. Il payait bien et régulièrement, tandis que les autres se faisaient longtemps tirer l'oreille, à moins qu'ils ne disparussent, insolvables. Puis il constituait pour l'établissement une sorte de réclame vivante, car son père était sénateur. Et quand un étranger demandait:—«Qui est-ce donc ce petit-là, qui en tient si fort pour sa donzelle?» quelque habitué répondait à mi-voix, d'un air important et mystérieux:—C'est Paul Baron, vous savez? le fils du sénateur.»—Et l'autre, invariablement, ne pouvait s'empêcher de dire:—«Le pauvre diable! il n'est pas à moitié pincé.»

La mère Grillon, une brave femme, entendue au commerce, appelait le jeune homme et sa compagne: «ses deux tourtereaux», et semblait tout attendrie par cet amour avantageux pour sa maison.

Le couple s'en venait à petits pas; la yole Madeleine était prête; mais, au moment de monter dedans, ils s'embrassèrent, ce qui fit rire le public amassé sur le pont. Et M. Paul, prenant ses rames, partit aussi pour la Grenouillère.

Quand ils arrivèrent, il allait être trois heures, et le grand café flottant regorgeait de monde.

L'immense radeau, couvert d'un toit goudronné que supportent des colonnes de bois, est relié à l'île charmante de Croissy par deux passerelles dont l'une pénètre au milieu de cet établissement aquatique, tandis que l'autre en fait communiquer l'extrémité avec un îlot minuscule planté d'un arbre et surnommé le «Pot-à-Fleurs» et, de là, gagne la terre auprès du bureau des bains.

M. Paul attacha son embarcation le long de l'établissement, il escalada la balustrade du café, puis, prenant les mains de sa maîtresse, il l'enleva, et tous deux s'assirent au bout d'une table, face à face.

De l'autre côté du fleuve, sur le chemin de halage, une longue file d'équipages s'alignait. Les fiacres alternaient avec de fines voitures de gommeux: les uns lourds, au ventre énorme, écrasant les ressorts, attelés d'une rosse au cou tombant, aux genoux cassés; les autres sveltes, élancées sur des roues minces, avec des chevaux aux jambes grêles et tendues, au cou dressé, au mors neigeux d'écume, tandis que le cocher, gourmé dans sa livrée, la tête raide en son grand col, demeurait les reins inflexibles et le fouet posé sur un genou.

La berge était couverte de gens qui s'en venaient par familles, ou par bandes, ou deux par deux, ou solitaires. Ils arrachaient des brins d'herbe, descendaient jusqu'à l'eau, remontaient sur le chemin, et tous, arrivés au même endroit, s'arrêtaient, attendant le passeur. Le lourd bachot allait sans fin d'une rive à l'autre, déchargeant dans l'île ses voyageurs.

Le bras de la rivière (qu'on appelle le bras mort), sur lequel donne ce ponton à consommations, semblait dormir, tant le courant était faible. Des flottes de yoles, de skifs, de périssoires, de podoscaphes, de gigs, d'embarcations de toute forme et de toute nature, filaient sur l'onde immobile, se croisant, se mêlant, s'abordant, s'arrêtant brusquement d'une secousse des bras pour s'élancer de nouveau sous une brusque tension des muscles, et glisser vivement comme de longs poissons jaunes ou rouges.

Il en arrivait d'autres sans cesse: les unes de Chatou, en amont; les autres de Bougival, en aval; et des rires allaient sur l'eau d'une barque à l'autre, des appels, des interpellations ou des engueulades. Les canotiers exposaient à l'ardeur du jour la chair brunie et bosselée de leurs biceps; et, pareilles à des fleurs étranges, à des fleurs qui nageraient, les ombrelles de soie rouge, verte, bleue ou jaune des barreuses s'épanouissaient à l'arrière des canots.

Un soleil de juillet flambait au milieu du ciel; l'air semblait plein d'une gaieté brûlante; aucun frisson de brise ne remuait les feuilles des saules et des peupliers.

Là-bas, en face, l'inévitable Mont-Valérien étageait dans la lumière crue ses talus fortifiés; tandis qu'à droite, l'adorable coteau de Louveciennes, tournant avec le fleuve, s'arrondissait en demi-cercle, laissant passer par places, à travers la verdure puissante et sombre des grands jardins, les blanches murailles des maisons de campagne.

Aux abords de la Grenouillère, une foule de promeneurs circulait sous les arbres géants qui font de ce coin d'île le plus délicieux parc du monde. Des femmes, des filles aux cheveux jaunes, aux seins démesurément rebondis, à la croupe exagérée, au teint plâtré de fard, aux yeux charbonnés, aux lèvres sanguinolentes, lacées, sanglées en des robes extravagantes, traînaient sur les frais gazons le mauvais goût criard de leurs toilettes; tandis qu'à côté d'elles des jeunes gens posaient en leurs accoutrements de gravures de modes, avec des gants clairs, des bottes vernies, des badines grosses comme un fil et des monocles ponctuant la niaiserie de leur sourire.

L'île est étranglée juste à la Grenouillère, et sur l'autre bord, où un bac aussi fonctionne amenant sans cesse les gens de Croissy, le bras rapide, plein de tourbillons, de remous, d'écume, roule avec des allures de torrent. Un détachement de pontonniers, en uniforme d'artilleurs, est campé sur cette berge, et les soldats, assis en ligne sur une longue poutre, regardaient couler l'eau.

Dans l'établissement flottant, c'était une cohue furieuse et hurlante. Les tables de bois, où les consommations répandues faisaient de minces ruisseaux poisseux, étaient couvertes de verres à moitié vides et entourées de gens à moitié gris. Toute cette foule criait, chantait, braillait. Les hommes, le chapeau en arrière, la face rougie, avec des yeux luisants d'ivrognes, s'agitaient en vociférant par un besoin de tapage naturel aux brutes, les femmes, cherchant une proie pour le soir, se faisaient payer à boire en attendant; et, dans l'espace libre entre les tables, dominait le public ordinaire du lieu, un bataillon de canotiers chahuteurs avec leurs compagnes en courte jupe de flanelle.

Un d'eux se démenait au piano et semblait jouer des pieds et des mains; quatre couples bondissaient un quadrille; et des jeunes gens les regardaient, élégants, corrects, qui auraient semblé comme il faut si la tare, malgré tout, n'eût apparu.

Car on sent là, à pleines narines, toute l'écume du monde, toute la crapulerie distinguée, toute la moisissure de la société parisienne: mélange de calicots, de cabotins, d'infimes journalistes, de gentilshommes en curatelle, de boursicotiers véreux, de noceurs tarés, de vieux viveurs pourris; cohue interlope de tous les êtres suspects, à moitié connus, à moitié perdus, à moitié salués, à moitié déshonorés, filous, fripons, procureurs de femmes, chevaliers d'industrie à l'allure digne, à l'air matamore qui semble dire: «Le premier qui me traite de gredin, je le crève.»

Ce lieu sue la bêtise, pue la canaillerie et la galanterie de bazar. Mâles et femelles s'y valent. Il y flotte une odeur d'amour, et l'on s'y bat pour un oui ou pour un non, afin de soutenir des réputations vermoulues que les coups d'épée et les balles de pistolet ne font que crever davantage.

Quelques habitants des environs y passent en curieux, chaque dimanche; quelques jeunes gens, très jeunes, y apparaissent chaque année, apprenant à vivre. Des promeneurs, flânant, s'y montrent; quelques naïfs s'y égarent.

C'est, avec raison, nommé la Grenouillère. A côté du radeau couvert où l'on boit, et tout près du «Pot-à-Fleurs», on se baigne. Celles des femmes dont les rondeurs sont suffisantes viennent là montrer à nu leur étalage et faire le client. Les autres, dédaigneuses, bien qu'amplifiées par le coton, étayées de ressorts, redressées par-ci, modifiées par-là, regardent d'un air méprisant barboter leurs sœurs.

Sur une petite plate-forme, les nageurs se pressent pour piquer leur tête. Ils sont longs comme des échalas, ronds comme des citrouilles, noueux comme des branches d'olivier, courbés en avant ou rejetés en arrière par l'ampleur du ventre, et, invariablement laids, ils sautent dans l'eau qui rejaillit jusque sur les buveurs du café.

Malgré les arbres immenses penchés sur la maison flottante et malgré le voisinage de l'eau, une chaleur suffocante emplissait ce lieu. Les émanations des liqueurs répandues se mêlaient à l'odeur des corps et à celle des parfums violents dont la peau des marchandes d'amour est pénétrée et qui s'évaporaient dans cette fournaise. Mais sous toutes ces senteurs diverses flottait un arôme léger de poudre de riz qui parfois disparaissait, reparaissait, qu'on retrouvait toujours comme si quelque main cachée avait secoué dans l'air une houppe invisible.

Le spectacle était sur le fleuve, où le va-et-vient incessant des barques tirait les yeux. Les canotières s'étalaient dans leur fauteuil en face de leurs mâles aux forts poignets, et elles considéraient avec mépris les quêteuses de dîners rôdant par l'île.

Quelquefois, quand une équipe lancée passait à toute vitesse, les amis descendus à terre poussaient des cris, et tout le public subitement pris de folie, se mettait à hurler.

Au coude de la rivière, vers Chatou, se montraient sans cesse des barques nouvelles. Elles approchaient, grandissaient, et, à mesure qu'on reconnaissait les visages, d'autres vociférations partaient.

Un canot couvert d'une tente et monté par quatre femmes descendait lentement le courant. Celle qui ramait était petite, maigre, fanée, vêtue d'un costume de mousse avec ses cheveux relevés sous un chapeau ciré. En face d'elle, une grosse blondasse habillée en homme, avec un veston de flanelle blanche, se tenait couchée sur le dos au fond du bateau, les jambes en l'air sur le banc des deux côtés de la rameuse, et elle fumait une cigarette, tandis qu'à chaque effort des avirons sa poitrine et son ventre frémissaient, ballottés par la secousse. Tout à l'arrière, sous la tente, deux belles filles grandes et minces, l'une brune et l'autre blonde, se tenaient par la taille en regardant sans cesse leurs compagnes.

Un cri partit de la Grenouillère: «V'là Lesbos!» et, tout à coup, ce fut une clameur furieuse; une bousculade effrayante eut lieu; les verres tombaient; on montait sur les tables; tous, dans un délire de bruit, vociféraient: «Lesbos! Lesbos! Lesbos!» Le cri roulait, devenait indistinct, ne formait plus qu'une sorte de hurlement effroyable, puis, soudain, il semblait s'élancer de nouveau, monter par l'espace, couvrir la plaine, emplir le feuillage épais des grands arbres, s'étendre aux lointains coteaux, aller jusqu'au soleil.

La rameuse, devant cette ovation, s'était arrêtée, tranquillement. La grosse blonde étendue au fond du canot tourna la tête d'un air nonchalant, se soulevant sur les coudes; et les deux belles filles, à l'arrière, se mirent à rire en saluant la foule.

Alors la vociforation redoubla, faisant trembler l'établissement flottant. Les hommes levaient leurs chapeaux, les femmes agitaient leurs mouchoirs, et toutes les voix, aiguës ou graves, criaient ensemble: «Lesbos!» On eût dit que ce peuple, ce ramassis de corrompus, saluait un chef, comme ces escadres qui tirent le canon quand un amiral passe sur leur front.

La flotte nombreuse des barques acclamait aussi le canot des femmes, qui repartit de son allure somnolente pour aborder un peu plus loin.

M. Paul, au contraire des autres, avait tiré une clef de sa poche, et, de toute sa force, il sifflait. Sa maîtresse, nerveuse, pâlie encore, lui tenait le bras pour le faire taire et elle le regardait cette fois avec une rage dans les yeux. Mais lui, semblait exaspéré, comme soulevé par une jalousie d'homme, par une fureur profonde, instinctive, désordonnée. Il balbutia, les lèvres tremblantes d'indignation:

—C'est honteux! on devrait les noyer comme des chiennes avec une pierre au cou.

Mais Madeleine, brusquement, s'emporta; sa petite voix aigre devint sifflante, et elle parlait avec volubilité, comme pour plaider sa propre cause:

—Est-ce que ça te regarde, toi? Sont-elles pas libres de faire ce qu'elles veulent, puisqu'elles ne doivent rien à personne? Fiche-nous la paix avec tes manières et mêle-toi de tes affaires...

Mais il lui coupa la parole.

—C'est la police que ça regarde, et je les ferai flanquer à Saint-Lazare, moi!

Elle eut un soubresaut:

—Toi?

—Oui, moi! Et, en attendant, je te défends de leur parler, tu entends, je te le défends.

Alors elle haussa les épaules, et calmée tout à coup:

—Mon petit, je ferai ce qui me plaira; si tu n'es pas content, file, et tout de suite. Je ne suis pas ta femme, n'est-ce pas? Alors tais-toi.

Il ne répondit pas et ils restèrent face à face, avec la bouche crispée et la respiration rapide.

A l'autre bout du grand café de bois, les quatre femmes faisaient leur entrée. Les deux costumées en hommes marchaient devant: l'une maigre, pareille à un garçonnet vieillot avec des teintes jaunes sur les tempes; l'autre, emplissant de sa graisse ses vêtements de flanelle blanche, bombant de sa croupe le large pantalon, se balançant comme une oie grasse, ayant les cuisses énormes et les genoux rentrés. Leurs deux amies les suivaient et la foule des canotiers venait leur serrer les mains.

Elles avaient loué toutes les quatre un petit chalet au bord de l'eau, et elles vivaient là, comme auraient vécu deux ménages.

Leur vice était public, officiel, patent. On en parlait comme d'une chose naturelle, qui les rendait presque sympathiques, et l'on chuchotait tout bas des histoires étranges, des drames nés de furieuses jalousies féminines, et des visites secrètes de femmes connues, d'actrices, à la petite maison du bord de l'eau.

Un voisin, révolté de ces bruits scandaleux, avait prévenu la gendarmerie, et le brigadier, suivi d'un homme, était venu faire une enquête. La mission était délicate; on ne pouvait, en somme, rien reprocher à ces femmes, qui ne se livraient point à la prostitution. Le brigadier, fort perplexe, ignorant même à peu près la nature des délits soupçonnés, avait interrogé à l'aventure, et fait un rapport monumental concluant à l'innocence.

On en avait ri jusqu'à Saint-Germain.

Elles traversaient à petits pas, comme des reines, l'établissement de la Grenouillère; et elles semblaient fières de leur célébrité, heureuses des regards fixés sur elles, supérieures à cette foule, à cette tourbe, à cette plèbe.

Madeleine et son amant les regardaient venir, et dans l'œil de la fille une flamme s'allumait.

Lorsque les deux premières furent au bout de la table, Madeleine cria:—«Pauline!» La grosse se retourna, s'arrêta, tenant toujours le bras de son moussaillon femelle:

—Tiens! Madeleine... Viens donc me parler, ma chérie.

Paul crispa ses doigts sur le poignet de sa maîtresse; mais elle lui dit d'un tel air:—«Tu sais, mon p'tit, tu peux filer,» qu'il se tut et resta seul.

Alors elles causèrent tout bas, debout, toutes les trois. Des gaietés heureuses passaient sur leurs lèvres; elles parlaient vite; et Pauline, par instants, regardait Paul à la dérobée avec un sourire narquois et méchant.

A la fin, n'y tenant plus, il se leva soudain et fut près d'elles d'un élan tremblant de tous ses membres. Il saisit Madeleine par les épaules:—«Viens, je le veux, dit-il, je t'ai défendu de parler à ces gueuses.»

Mais Pauline éleva la voix et se mit à l'engueuler avec son répertoire de poissarde. On riait alentour; on s'approchait; on se haussait sur le bout des pieds afin de mieux voir. Et lui restait interdit sous cette pluie d'injures fangeuses; il lui semblait que les mots sortant de cette bouche et tombant sur lui le salissaient comme des ordures, et, devant le scandale qui commençait, il recula, retourna sur ses pas, et s'accouda sur la balustrade vers le fleuve, le dos tourné aux trois femmes victorieuses.

Il resta là, regardant l'eau, et parfois, avec un geste rapide, comme s'il l'eût arrachée, il enlevait d'un doigt nerveux une larme formée au coin de son œil.

C'est qu'il aimait éperdument, sans savoir pourquoi, malgré ses instincts délicats, malgré sa raison, malgré sa volonté même. Il était tombé dans cet amour comme on tombe dans un trou bourbeux. D'une nature attendrie et fine, il avait rêvé des liaisons exquises, idéales et passionnées; et voilà que ce petit criquet de femme, bête, comme toutes les filles, d'une bêtise exaspérante, pas jolie même, maigre et rageuse, l'avait pris, captivé, possédé des pieds à la tête, corps et âme. Il subissait cet ensorcellement féminin, mystérieux et tout-puissant, cette force inconnue, cette domination prodigieuse, venue on ne sait d'où, du démon de la chair, et qui jette l'homme le plus sensé aux pieds d'une fille quelconque sans que rien en elle explique son pouvoir fatal et souverain.

Et là, derrière son dos, il sentait qu'une chose infâme s'apprêtait. Des rires lui entraient au cœur. Que faire? Il le savait bien, mais ne le pouvait pas.

Il regardait fixement, sur la berge en face, un pêcheur à la ligne immobile.

Soudain le bonhomme enleva brusquement du fleuve un petit poisson d'argent qui frétillait au bout du fil. Puis il essaya de retirer son hameçon, le tordit, le tourna, mais en vain; alors, pris d'impatience, il se mit à tirer, et tout le gosier saignant de la bête sortit avec un paquet d'entrailles. Et Paul frémit, déchiré lui-même jusqu'au cœur; il lui sembla que cet hameçon c'était son amour, et que, s'il fallait l'arracher, tout ce qu'il avait dans la poitrine sortirait ainsi au bout d'un fer recourbé, accroché au fond de lui, et dont Madeleine tenait le fil.

Une main se posa sur son épaule; il eut un sursaut, se tourna; sa maîtresse était à son côté. Ils ne se parlèrent pas; et elle s'accouda comme lui à la balustrade, les yeux fixés sur la rivière.

Il cherchait ce qu'il devait dire, et ne trouvait rien. Il ne parvenait même pas à démêler ce qui se passait en lui; tout ce qu'il éprouvait, c'était une joie de la sentir là, près de lui, revenue, et une lâcheté honteuse, un besoin de pardonner tout, de tout permettre pourvu qu'elle ne le quittât point.

Enfin, au bout de quelques minutes, il lui demanda d'une voix très douce:—«Veux-tu que nous nous en allions? il ferait meilleur dans le bateau.»

Elle répondit:—«Oui, mon chat.»

Et il l'aida à descendre dans la yole, la soutenant, lui serrant les mains, tout attendri, avec quelques larmes encore dans les yeux. Alors elle le regarda en souriant et ils s'embrassèrent de nouveau.

Ils remontèrent le fleuve tout doucement, longeant la rive plantée de saules, couverte d'herbes, baignée et tranquille dans la tiédeur de l'après-midi.

Lorsqu'ils furent revenus au restaurant Grillon, il était à peine six heures; alors, laissant leur yole, ils partirent à pied dans l'île, vers Bezons, à travers les prairies, le long des hauts peupliers qui bordent le fleuve.

Les grands foins, prêts à être fauchés, étaient remplis de fleurs. Le soleil qui baissait étalait dessus une nappe de lumière rousse, et, dans la chaleur adoucie du jour finissant, les flottantes exhalaisons de l'herbe se mêlaient aux humides senteurs du fleuve, imprégnaient l'air d'une langueur tendre, d'un bonheur léger, comme d'une vapeur de bien-être.

Une molle défaillance venait aux cœurs et une espèce de communion avec cette splendeur calme du soir, avec ce vague et mystérieux frisson de vie épandue, avec cette poésie pénétrante, mélancolique, qui semblait sortir des plantes, des choses, s'épanouir, révélée aux sens en cette heure douce et recueillie.

Il sentait tout cela, lui; mais elle ne le comprenait pas, elle. Ils marchaient côte à côte; et soudain, lasse de se taire, elle chanta. Elle chanta de sa voix aigrelette et fausse quelque chose qui courait dans les rues, un air traînant dans les mémoires, qui déchira brusquement la profonde et sereine harmonie du soir.

Alors il la regarda, et il sentit entre eux un infranchissable abîme. Elle battait les herbes de son ombrelle, la tête un peu baissée, contemplant ses pieds, et chantant, filant des sons, essayant des roulades, osant des trilles.

Son petit front, étroit, qu'il aimait tant, était donc vide, vide! Il n'y avait là-dedans que cette musique de serinette; et les pensées qui s'y formaient par hasard étaient pareilles à cette musique. Elle ne comprenait rien de lui; ils étaient plus séparés que s'ils ne vivaient pas ensemble. Ses baisers n'allaient donc jamais plus loin que les lèvres?

Alors elle releva les yeux vers lui et sourit encore. Il fut remué jusqu'aux moelles, et, ouvrant les bras, dans un redoublement d'amour, il l'étreignit passionnément.

Comme il chiffonnait sa robe, elle finit par se dégager, en murmurant par compensation:—«Va, je t'aime bien, mon chat.»

Mais il la saisit par la taille, et, pris de folie, l'entraîna en courant; et il l'embrassait sur la joue, sur la tempe, sur le cou, en sautant d'allégresse. Ils s'abattirent, haletants, au pied d'un buisson incendié par les rayons du soleil couchant, et, avant d'avoir repris haleine, ils s'unirent, sans qu'elle comprît son exaltation.

Ils revenaient en se tenant les deux mains, quand soudain, à travers les arbres, ils aperçurent sur la rivière le canot monté par les quatre femmes. La grosse Pauline aussi les vit, car elle se redressa, envoyant à Madeleine des baisers. Puis elle cria:

—«A ce soir!»

Madeleine répondit:—«A ce soir!»

Paul crut sentir soudain son cœur enveloppé de glace.

Et ils rentrèrent pour dîner.

Ils s'installèrent sous une des tonnelles au bord de l'eau et se mirent à manger en silence. Quand la nuit fut venue, on apporta une bougie, enfermée dans un globe de verre, qui les éclairait d'une lueur faible et vacillante: et l'on entendait à tout moment les explosions de cris des canotiers dans la grande salle du premier.

Vers le dessert, Paul, prenant tendrement la main de Madeleine, lui dit:—«Je me sens très fatigué, ma mignonne; si tu veux, nous nous coucherons de bonne heure.»

Mais elle avait compris la ruse, et elle lui lança ce regard énigmatique, ce regard à perfidies qui apparaît si vite au fond de l'œil de la femme. Puis, après avoir réfléchi, elle répondit:—«Tu te coucheras si tu veux, moi j'ai promis d'aller au bal de la Grenouillère.»

Il eut un sourire lamentable, un de ces sourires dont on voile les plus horribles souffrances, mais il répondit d'un ton caressant et navré:—«Si tu étais bien gentille, nous resterions tous les deux.» Elle fit «non» de la tête sans ouvrir la bouche. Il insista:—«T'en prie! ma bichette.» Alors elle rompit brusquement:—«Tu sais ce que je t'ai dit. Si tu n'es pas content, la porte est ouverte. On ne te retient pas. Quant à moi, j'ai promis: j'irai.»

Il posa ses deux coudes sur la table, enferma son front dans ses mains, et resta là, rêvant douloureusement.

Les canotiers redescendirent en braillant toujours. Ils repartaient dans leurs yoles pour le bal de la Grenouillère.

Madeleine dit à Paul:—«Si tu ne viens pas, décide-toi, je demanderai à un de ces messieurs de me conduire.»

Paul se leva:—«Allons!» murmura-t-il.

Et ils partirent.

La nuit était noire, pleine d'astres, parcourue par une haleine embrasée, par un souffle pesant, chargé d'ardeurs, de fermentations, de germes vifs qui, mêlés à la brise, l'alentissaient. Elle promenait sur les visages une caresse chaude, faisait respirer plus vite, haleter un peu, tant elle semblait épaissie et lourde.

Les yoles se mettaient en route, portant à l'avant une lanterne vénitienne. On ne distinguait point les embarcations, mais seulement ces petits falots de couleur, rapides et dansants, pareils à des lucioles en délire; et des voix couraient dans l'ombre de tous côtés.

La yole des deux jeunes gens glissait doucement. Parfois, quand un bateau lancé passait près d'eux, ils apercevaient soudain le dos blanc du canotier éclairé par une lanterne.

Lorsqu'ils eurent tourné le coude de la rivière, la Grenouillère leur apparut dans le lointain. L'établissement en fête était orné de girandoles, de guirlandes en veilleuses de couleur, de grappes de lumières. Sur la Seine circulaient lentement quelques gros bachots représentant des dômes, des pyramides, des monuments compliqués en feux de toutes nuances. Des festons enflammés traînaient jusqu'à l'eau; et quelquefois un falot rouge ou bleu, au bout d'une immense canne à pêche invisible, semblait une grosse étoile balancée.

Toute cette illumination répandait une lueur alentour du café, éclairait de bas en haut les grands arbres de la berge dont le tronc se détachait en gris pâle, et les feuilles en vert laiteux, sur le noir profond des champs et du ciel.

L'orchestre, composé de cinq artistes de banlieue, jetait au loin sa musique de bastringue, maigre et sautillante, qui fit de nouveau chanter Madeleine.

Elle voulut tout de suite entrer. Paul désirait auparavant faire un tour dans l'île; mais il dut céder.

L'assistance s'était épurée. Les canotiers presque seuls restaient avec quelques bourgeois clairsemés et quelques jeunes gens flanqués de filles. Le directeur et organisateur de ce cancan, majestueux dans un habit noir fatigué, promenait en tous sens sa tête ravagée de vieux marchand de plaisirs publics à bon marché.

La grosse Pauline et ses compagnes n'étaient pas là; et Paul respira.

On dansait: les couples face à face cabriolaient éperdument, jetaient leurs jambes en l'air jusqu'au nez des vis-à-vis.

Les femelles, désarticulées des cuisses, bondissaient dans un envolement de jupes révélant leurs dessous. Leurs pieds s'élevaient au-dessus de leurs têtes avec une facilité surprenante, et elles balançaient leurs ventres, frétillaient de la croupe, secouaient leurs seins, répandant autour d'elles une senteur énergique de femmes en sueur.

Les mâles s'accroupissaient comme des crapauds avec des gestes obscènes, se contorsionnaient, grimaçants et hideux, faisaient la roue sur les mains, ou bien, s'efforçant d'être drôles, esquissaient des manières avec une grâce ridicule.

Une grosse bonne et deux garçons servaient les consommations.

Ce café-bateau, couvert seulement d'un toit, n'ayant aucune cloison qui le séparât du dehors, la danse échevelée s'étalait en face de la nuit pacifique et du firmament poudré d'astres.

Tout à coup le Mont-Valérien, là-bas, en face, sembla s'éclairer comme si un incendie se fût allumé derrière. La lueur s'étendit, s'accentua, envahissant peu à peu le ciel, décrivant un grand cercle lumineux, d'une lumière pâle et blanche. Puis quelque chose de rouge apparut, grandit, d'un rouge ardent comme un métal sur l'enclume. Cela se développait lentement en rond, semblait sortir de terre; et la lune, se détachant bientôt de l'horizon, monta doucement dans l'espace. A mesure qu'elle s'élevait, sa nuance pourpre s'atténuait, devenait jaune, d'un jaune clair, éclatant; et l'astre paraissait diminuer à mesure qu'il s'éloignait.

Paul le regardait longtemps, perdu dans cette contemplation, oubliant sa maîtresse. Quand il se retourna, elle avait disparu.

Il la chercha, mais ne la trouva pas. Il parcourait les tables d'un œil anxieux, allant et revenant sans cesse, interrogeant l'un et l'autre. Personne ne l'avait vue.

Il errait ainsi, martyrisé d'inquiétude, quand un des garçons lui dit:—«C'est Mme Madeleine que vous cherchez. Elle vient de partir tout à l'heure en compagnie de Mme Pauline.» Et, au même moment, Paul apercevait, debout à l'autre extrémité du café, le mousse et les deux belles filles, toutes trois liées par la taille, et qui le guettaient en chuchotant.

Il comprit, et, comme un fou, s'élança dans l'île.

Il courut d'abord vers Chatou; mais, devant la plaine, il retourna sur ses pas. Alors il se mit à fouiller l'épaisseur des taillis, à vagabonder éperdument, s'arrêtant parfois pour écouter.

Les crapauds, par tout l'horizon, lançaient leur note métallique et courte.

Vers Bougival, un oiseau inconnu modulait quelques sons qui arrivaient affaiblis par la distance. Sur les larges gazons la lune versait une molle clarté, comme une poussière de ouate; elle pénétrait les feuillages, faisait couler sa lumière sur l'écorce argentée des peupliers, criblait de sa pluie brillante les sommets frémissants des grands arbres. La grisante poésie de cette soirée d'été entrait dans Paul malgré lui, traversait son angoisse affolée, remuait son cœur avec une ironie féroce, développant jusqu'à la rage en son âme douce et contemplative ses besoins d'idéale tendresse, d'épanchements passionnés dans le sein d'une femme adorée et fidèle.

Il fut contraint de s'arrêter, étranglé par des sanglots précipités, déchirants.

La crise passée, il repartit.

Soudain il reçut comme un coup de couteau; on s'embrassait, là, derrière ce buisson. Il y courut; c'était un couple amoureux, dont les deux silhouettes s'éloignèrent vivement à son approche, enlacées, unies dans un baiser sans fin.

Il n'osait pas appeler, sachant bien qu'Elle ne répondrait point; et il avait aussi une peur affreuse de les découvrir tout à coup.

Les ritournelles des quadrilles avec les solos déchirants du piston, les rires faux de la flûte, les rages aiguës du violon lui tiraillaient le cœur exaspérant sa souffrance. La musique enragée, boitillante, courait sous les arbres, tantôt affaiblie, tantôt grossie dans un souffle passager de brise.

Tout à coup il se dit qu'Elle était revenue peut-être? Oui! elle était revenue! pourquoi pas? Il avait perdu la tête sans raison, stupidement, emporté par ses terreurs, par les soupçons désordonnés qui l'envahissaient depuis quelque temps.

Et, saisi par une de ces accalmies singulières qui traversent parfois les plus grands désespoirs, il retourna vers le bal.

D'un coup d'œil il parcourut la salle. Elle n'était pas là. Il fit le tour des tables, et brusquement se trouva de nouveau avec les trois femmes. Il avait apparemment une figure désespérée et drôle, car toutes trois ensemble éclatèrent de gaieté.

Il se sauva, repartit dans l'île, se rua à travers les taillis, haletant.—Puis il écouta de nouveau,—il écouta longtemps, car ses oreilles bourdonnaient; mais, enfin, il crut entendre un peu plus loin un petit rire perçant qu'il connaissait bien; et il avança tout doucement, rampant, écartant les branches, la poitrine tellement secouée par son cœur qu'il ne pouvait plus respirer.

Deux voix murmuraient des paroles qu'il n'entendait pas encore. Puis elles se turent.

Alors il eut une envie immense de fuir, de ne pas voir, de ne pas savoir, de se sauver pour toujours, loin de cette passion furieuse qui le ravageait. Il allait retourner à Chatou, prendre le train, et ne reviendrait plus, ne la reverrait plus jamais. Mais son image brusquement l'envahit, et il l'aperçut en sa pensée quand elle s'éveillait au matin, dans leur lit tiède, se pressait câline contre lui, jetant ses bras à son cou, avec ses cheveux répandus, un peu mêlés sur le front, avec ses yeux fermés encore et ses lèvres ouvertes pour le premier baiser; et le souvenir subit de cette caresse matinale l'emplit d'un regret frénétique et d'un désir forcené.

On parlait de nouveau; et il s'approcha, courbé en deux. Puis un léger cri courut sous les branches tout près de lui. Un cri! Un de ces cris d'amour qu'il avait appris à connaître aux heures éperdues de leur tendresse. Il avançait encore, toujours, comme malgré lui, attiré invinciblement, sans avoir conscience de rien... et il les vit.

Oh! si c'eût été un homme, l'autre! mais cela! cela! Il se sentait enchaîné par leur infamie même. Et il restait là, anéanti, bouleversé, comme s'il eût découvert tout à coup un cadavre cher et mutilé, un crime contre nature, monstrueux, une immonde profanation.

Alors, dans un éclair de pensée involontaire, il songea au petit poisson dont il avait senti arracher les entrailles... Mais Madeleine murmura: «Pauline!» du même ton passionné qu'elle disait: «Paul!» et il fut traversé d'une telle douleur qu'il s'enfuit de toutes ses forces.

Il heurta deux arbres, tomba sur une racine, repartit, et se trouva soudain devant le fleuve, devant le bras rapide éclairé par la lune. Le courant torrentueux faisait de grands tourbillons où se jouait la lumière. La berge haute dominait l'eau comme une falaise, laissant à son pied une large bande obscure, où les remous s'entendaient dans l'ombre.

Sur l'autre rive, les maisons de campagne de Croissy s'étageaient en pleine clarté.

Paul vit tout cela comme dans un songe, comme à travers un souvenir; il ne songeait à rien, ne comprenait rien, et toutes les choses, son existence même, lui apparaissaient vaguement, lointaines, oubliées, finies.

Le fleuve était là. Comprit-il ce qu'il faisait? Voulut-il mourir? Il était fou. Il se retourna cependant vers l'île, vers Elle; et, dans l'air calme de la nuit où dansaient toujours les refrains affaiblis et obstinés du bastringue, il lança d'une voix désespérée, suraiguë, surhumaine, un effroyable cri:—«Madeleine!»

Son appel déchirant traversa le large silence du ciel, courut par tout l'horizon.

Puis, d'un bond formidable, d'un bond de bête, il sauta dans la rivière. L'eau jaillit, se referma, et de la place où il avait disparu, une succession de grands cercles partit, élargissant jusqu'à l'autre berge leurs ondulations brillantes.

Les deux femmes avaient entendu. Madeleine se dressa:—«C'est Paul.»—Un soupçon surgit en son âme. «Il s'est noyé,» dit-elle. Et elle s'élança vers la rive où la grosse Pauline la rejoignit.

Un lourd bachot monté par deux hommes tournait et retournait sur place. Un des bateliers ramait, l'autre enfonçait dans l'eau un grand bâton et semblait chercher quelque chose. Pauline cria:—«Que faites-vous? Qu'y a-t-il?» Une voix inconnue répondit:—«C'est un homme qui vient de se noyer.»

Les deux femmes, pressées l'une contre l'autre, hagardes, suivaient les évolutions de la barque. La musique de la Grenouillère folâtrait toujours au loin, semblait accompagner en cadence les mouvements des sombres pêcheurs; et la rivière, qui cachait maintenant un cadavre, tournoyait, illuminée.

Les recherches se prolongeaient. L'attente horrible faisait grelotter Madeleine. Enfin, après une demi-heure au moins, un des hommes annonça:—«Je le tiens!» Et il fit remonter sa longue gaffe doucement, tout doucement. Puis quelque chose de gros apparut à la surface de l'eau. L'autre marinier quitta ses rames, et tous deux, unissant leurs forces, halant sur la masse inerte, la firent culbuter dans leur bateau.

Ensuite ils gagnèrent la terre, en cherchant une place éclairée et basse. Au moment où ils abordaient, les femmes arrivaient aussi.

Dès qu'elle le vit, Madeleine recula d'horreur. Sous la lumière de la lune, il semblait vert déjà, avec sa bouche, ses yeux, son nez, ses habits pleins de vase. Ses doigts fermés et raidis étaient affreux. Une espèce d'enduit noirâtre et liquide couvrait tout son corps. La figure paraissait enflée, et de ses cheveux collés par le limon une eau sale coulait sans cesse.

Les deux hommes l'examinèrent.

—Tu le connais? dit l'un.

L'autre, le passeur de Croissy, hésitait: «Oui,—il me semble bien que j'ai vu cette tête-là; mais tu sais, comme ça, on ne reconnaît pas bien.»—Puis, soudain:—«Mais c'est monsieur Paul!

—Qui ça, monsieur Paul?» demanda son camarade. Le premier reprit:

—Mais monsieur Paul Baron, le fils du sénateur, ce p'tit qu'était si amoureux.

L'autre ajouta philosophiquement.

—Eh bien, il a fini de rigoler maintenant; c'est dommage tout de même quand on est riche!

Madeleine sanglotait, tombée par terre. Pauline s'approcha du corps et demanda:—«Est-ce qu'il est bien mort?—tout à fait?»

Les hommes haussèrent les épaules:—«Oh! après ce temps-là! pour sûr.»

Puis l'un d'eux interrogea:—«C'est chez Grillon qu'il logeait?»—«Oui, reprit l'autre; faut le reconduire, y aura de la braise.»

Ils remontèrent dans leur bateau et repartirent, s'éloignant lentement à cause du courant rapide; et longtemps encore après qu'on ne les vit plus de la place où les femmes étaient restées, on entendit tomber dans l'eau les coups réguliers des avirons.

Alors Pauline prit dans ses bras la pauvre Madeleine éplorée, la câlina, l'embrassa longtemps, la consola:—«Que veux-tu, ce n'est point ta faute, n'est-ce pas? On ne peut pourtant pas empêcher les hommes de faire des bêtises. Il l'a voulu, tant pis pour lui, après tout!»—Puis, la relevant:—«Allons, ma chérie, viens-t'en coucher à la maison; tu ne peux pas rentrer chez Grillon ce soir.»—Elle l'embrassa de nouveau:—«Va, nous te guérirons,» dit-elle.

Madeleine se releva, et, pleurant toujours, mais avec des sanglots affaiblis, la tête sur l'épaule de Pauline, comme réfugiée dans une tendresse plus intime et plus sûre, plus familière et plus confiante, elle partit à tout petits pas.

LES BIJOUX

M. Lantin ayant rencontré cette jeune fille, dans une soirée, chez son sous-chef de bureau, l'amour l'enveloppa comme un filet.

C'était la fille d'un percepteur de province, mort depuis quelques années. Elle était venue ensuite à Paris avec sa mère, qui fréquentait quelques familles bourgeoises de son quartier dans l'espoir de marier la jeune personne. Elles étaient pauvres et honorables, tranquilles et douces. La jeune fille semblait le type absolu de l'honnête femme à laquelle le jeune homme sage rêve de confier sa vie. Sa beauté modeste avait un charme de pudeur angélique, et l'imperceptible sourire qui ne quittait point ses lèvres semblait un reflet de son cœur.

Tout le monde chantait ses louanges; tous ceux qui la connaissaient répétaient sans fin: «Heureux celui qui la prendra. On ne pourrait trouver mieux.»

M. Lantin, alors commis principal au ministère de l'intérieur, aux appointements annuels de trois mille cinq cents francs, la demanda en mariage et l'épousa.

Il fut avec elle invraisemblablement heureux. Elle gouverna sa maison avec une économie si adroite qu'ils semblaient vivre dans le luxe. Il n'était point d'attentions, de délicatesses, de chatteries qu'elle n'eût pour son mari; et la séduction de sa personne était si grande que, six ans après leur rencontre, il l'aimait plus encore qu'aux premiers jours.

Il ne blâmait en elle que deux goûts, celui du théâtre et des bijouteries fausses.

Ses amies (elle connaissait quelques femmes de modestes fonctionnaires) lui procuraient à tous moments des loges pour les pièces en vogue, même pour les premières représentations; et elle traînait, bon gré, mal gré, son mari à ces divertissements qui le fatiguaient affreusement après sa journée de travail. Alors il la supplia de consentir à aller au spectacle avec quelque dame de sa connaissance qui la ramènerait ensuite. Elle fut longtemps à céder, trouvant peu convenable cette manière d'agir. Elle s'y décida enfin par complaisance, et il lui en sut un gré infini.

Or, ce goût pour le théâtre fit bientôt naître en elle le besoin de se parer. Ses toilettes demeuraient toutes simples, il est vrai, de bon goût toujours, mais modestes; et sa grâce douce, sa grâce irrésistible, humble et souriante, semblait acquérir une saveur nouvelle de la simplicité de ses robes, mais elle prit l'habitude de pendre à ses oreilles deux gros cailloux du Rhin qui simulaient des diamants, et elle portait des colliers de perles fausses, de bracelets en similor, des peignes agrémentés de verroteries variées jouant les pierres fines.

Son mari, que choquait un peu cet amour du clinquant, répétait souvent: «Ma chère, quand on n'a pas le moyen de se payer des bijoux véritables, on ne se montre parée que de sa beauté et de sa grâce, voilà encore les plus rares joyaux.»

Mais elle souriait doucement et répétait: «Que veux-tu? J'aime ça. C'est mon vice. Je sais bien que tu as raison; mais on ne se refait pas. J'aurais adoré les bijoux, moi!»

Et elle faisait rouler dans ses doigts les colliers de perles, miroiter les facettes des cristaux taillés en répétant: «Mais regarde donc comme c'est bien fait. On jurerait du vrai.»

Il souriait en déclarant: «Tu as des goûts de Bohémienne.»

Quelquefois, le soir, quand ils demeuraient en tête à tête au coin du feu, elle apportait sur la table où ils prenaient le thé la boîte de maroquin où elle enfermait la «pacotille», selon le mot de M. Lantin; et elle se mettait à examiner ces bijoux imités avec une attention passionnée, comme si elle eût savouré quelque jouissance secrète et profonde; et elle s'obstinait à passer un collier au cou de son mari pour rire ensuite de tout son cœur en s'écriant: «Comme tu es drôle!» Puis elle se jetait dans ses bras et l'embrassait éperdument.

Comme elle avait été à l'Opéra, une nuit d'hiver, elle rentra toute frissonnante de froid. Le lendemain elle toussait. Huit jours plus tard elle mourait d'une fluxion de poitrine.

Lantin faillit la suivre dans la tombe. Son désespoir fut si terrible que ses cheveux devinrent blancs en un mois. Il pleurait du matin au soir, l'âme déchirée d'une souffrance intolérable, hanté par le souvenir, par le sourire, par la voix, par tout le charme de la morte.

Le temps n'apaisa point sa douleur. Souvent pendant les heures du bureau, alors que les collègues s'en venaient causer un peu des choses du jour, on voyait soudain ses joues se gonfler, son nez se plisser, ses yeux s'emplir d'eau; il faisait une grimace affreuse et se mettait à sangloter.

Il avait gardé intacte la chambre de sa compagne où il s'enfermait tous les jours pour penser à elle; et tous les meubles, ses vêtements mêmes demeuraient à leur place comme ils se trouvaient au dernier jour.

Mais la vie se faisait dure pour lui. Ses appointements, qui, entre les mains de sa femme, suffisaient à tous les besoins du ménage, devenaient, à présent, insuffisants pour lui tout seul. Et il se demandait avec stupeur comment elle avait su s'y prendre pour lui faire boire toujours des vins excellents et manger des nourritures délicates qu'il ne pouvait plus se procurer avec ses modestes ressources.

Il fit quelques dettes et courut après l'argent à la façon des gens réduits aux expédients. Un matin enfin, comme il se trouvait sans un sou, une semaine entière avant la fin du mois, il songea à vendre quelque chose; et tout de suite la pensée lui vint de se défaire de la «pacotille» de sa femme, car il avait gardé au fond du cœur une sorte de rancune contre ces «trompe-l'œil» qui l'irritaient autrefois. Leur vue même, chaque jour, lui gâtait un peu le souvenir de sa bien-aimée.

Il chercha longtemps dans le tas de clinquant qu'elle avait laissé, car jusqu'aux derniers jours de sa vie elle en avait acheté obstinément, rapportant presque chaque soir un objet nouveau, et il se décida pour le grand collier qu'elle semblait préférer, et qui pouvait bien valoir, pensait-il, six ou huit francs, car il était vraiment d'un travail très soigné pour du faux.

Il le mit en sa poche et s'en alla vers son ministère en suivant les boulevards, cherchant une boutique de bijoutier qui lui inspirât confiance.

Il en vit une enfin et entra, un peu honteux d'étaler ainsi sa misère et de chercher à vendre une chose de si peu de prix.

—Monsieur, dit-il au marchand, je voudrais bien savoir ce que vous estimez ce morceau.

L'homme reçut l'objet, l'examina, le retourna, le soupesa, prit une loupe, appela son commis, lui fit tout bas des remarques, reposa le collier sur son comptoir et le regarda de loin pour mieux juger de l'effet.

M. Lantin, gêné par toutes ces cérémonies, ouvrait la bouche pour déclarer: «Oh! je sais bien que cela n'a aucune valeur.»—Quand le bijoutier prononça:

—Monsieur, cela vaut de douze à quinze mille francs; mais je ne pourrais l'acheter que si vous m'en faisiez connaître la provenance.

Le veuf ouvrit des yeux énormes et demeura béant, ne comprenant pas. Il balbutia enfin: «Vous dites?... Vous êtes sûr.» L'autre se méprit sur son étonnement, et d'un ton sec: «Vous pouvez chercher ailleurs si on vous en donne davantage. Pour moi cela vaut, au plus, quinze mille. Vous reviendrez me trouver si vous ne trouvez pas mieux.»

M. Lantin, tout à fait idiot, reprit son collier et s'en alla, obéissant à un confus besoin de se trouver seul et de réfléchir.

Mais, dès qu'il fut dans la rue, un besoin de rire le saisit, et il pensa: «L'imbécile! oh! l'imbécile! Si je l'avais pris au mot tout de même! En voilà un bijoutier qui ne sait pas distinguer le faux du vrai!»

Et il pénétra chez un autre marchand, à l'entrée de la rue de la Paix. Dès qu'il eut aperçu le bijou, l'orfèvre s'écria:

—Ah! parbleu; je le connais bien, ce collier; il vient de chez moi.

M. Lantin, fort troublé, demanda:

—Combien vaut-il?

—Monsieur, je l'ai vendu vingt-cinq mille. Je suis prêt à le reprendre pour dix-huit mille, quand vous m'aurez indiqué, pour obéir aux prescriptions légales, comment vous en êtes détenteur. Cette fois M. Lantin s'assit perclus d'étonnement. Il reprit:—Mais... mais, examinez-le bien attentivement, monsieur, j'avais cru jusqu'ici qu'il était en... faux.

Le joaillier reprit:—Voulez-vous me dire votre nom, monsieur?

—Parfaitement. Je m'appelle Lantin, je suis employé au ministère de l'intérieur, je demeure 16, rue des Martyrs.

Le marchand ouvrit ses registres, rechercha, et prononça: «Ce collier a été envoyé en effet à l'adresse de Mme Lantin, 16, rue des Martyrs, le 20 juillet 1876.»

Et les deux hommes se regardèrent dans les yeux, l'employé éperdu de surprise, l'orfèvre flairant un voleur.

Celui-ci reprit:—Voulez-vous me laisser cet objet pendant vingt-quatre heures seulement, je vais vous en donner un reçu?

M. Lantin balbutia:—Mais oui, certainement. Et il sortit en pliant le papier qu'il mit dans sa poche.

Puis il traversa la rue, la remonta, s'aperçut qu'il se trompait de route, redescendit aux Tuileries, passa la Seine, reconnut encore son erreur, revint aux Champs-Élysées sans une idée nette dans la tête. Il s'efforçait de raisonner, de comprendre. Sa femme n'avait pu acheter un objet d'une pareille valeur.—Non, certes.—Mais alors, c'était un cadeau! Un cadeau! Un cadeau de qui? Pourquoi?

Il s'était arrêté, et il demeurait debout au milieu de l'avenue. Le doute horrible l'effleura.—Elle?—Mais alors tous les autres bijoux étaient aussi des cadeaux! Il lui sembla que la terre remuait; qu'un arbre, devant lui, s'abattait; il étendit les bras et s'écroula, privé de sentiment.

Il reprit connaissance dans la boutique d'un pharmacien où les passants l'avaient porté. Il se fit reconduire chez lui, et s'enferma.

Jusqu'à la nuit il pleura éperdument, mordant un mouchoir pour ne pas crier. Puis il se mit au lit accablé de fatigue et de chagrin, et il dormit d'un pesant sommeil.

Un rayon de soleil le réveilla, et il se leva lentement pour aller à son ministère. C'était dur de travailler après de pareilles secousses. Il réfléchit alors qu'il pouvait s'excuser auprès de son chef; et il lui écrivit. Puis il songea qu'il fallait retourner chez le bijoutier, et une honte l'empourpra. Il demeura longtemps à réfléchir. Il ne pouvait pourtant pas laisser le collier chez cet homme, il s'habilla et sortit.

Il faisait beau, le ciel bleu s'étendait sur la ville qui semblait sourire. Des flâneurs allaient devant eux, les mains dans leurs poches.

Lantin se dit, en les regardant passer: «Comme on est heureux quand on a de la fortune! Avec de l'argent on peut secouer jusqu'aux chagrins, on va où l'on veut, on voyage, on se distrait! Oh! si j'étais riche!»

Il s'aperçut qu'il avait faim, n'ayant pas mangé depuis l'avant-veille. Mais sa poche était vide, et il se ressouvint du collier. Dix-huit mille francs! Dix-huit mille francs! c'était une somme, cela!

Il gagna la rue de la Paix et commença à se promener de long en large sur le trottoir, en face de la boutique. Dix-huit mille francs! Vingt fois il faillit entrer; mais la honte l'arrêtait toujours.

Il avait faim pourtant, grand'faim, et pas un sou. Il se décida brusquement, traversa la rue en courant pour ne pas se laisser le temps de réfléchir, et il se précipita chez l'orfèvre.

Dès qu'il l'aperçut, le marchand s'empressa, offrit un siège avec une politesse souriante. Les commis eux-mêmes arrivèrent, qui regardaient de côté Lantin, avec des gaietés dans les yeux et sur les lèvres.

Le bijoutier déclara:—Je me suis renseigné, Monsieur, et si vous êtes toujours dans les mêmes dispositions, je suis prêt à vous payer la somme que je vous ai proposée.

L'employé balbutia:—Mais certainement.

L'orfèvre tira d'un tiroir dix-huit grands billets, les compta, les tendit à Lantin, qui signa un petit reçu et mit d'une main frémissante l'argent dans sa poche.

Puis, comme il allait sortir, il se tourna vers le marchand qui souriait toujours, et, baissant les yeux:—J'ai... j'ai d'autres bijoux... qui me viennent... de la même succession. Vous conviendrait-il de me les acheter aussi?

Le marchand s'inclina:—Mais certainement, Monsieur. Un des commis sortit pour rire à son aise; un autre se mouchait avec force.

Lantin impassible, rouge et grave, annonça:—Je vais vous les apporter.

Et il prit un fiacre pour aller chercher les joyaux.

Quant il revint chez le marchand, une heure plus tard, il n'avait pas encore déjeuné. Ils se mirent à examiner les objets pièce à pièce, évaluant chacun. Presque tous venaient de la maison.

Lantin, maintenant, discutait les estimations, se fâchait, exigeait qu'on lui montrât les livres de vente, et parlait de plus en plus haut à mesure que s'élevait la somme.

Les gros brillants d'oreilles valent vingt mille francs, les bracelets trente-cinq mille, les broches, bagues et médaillons seize mille, une parure d'émeraudes et de saphirs quatorze mille; un solitaire suspendu à une chaîne d'or formant collier quarante mille; le tout atteignant le chiffre de cent quatre-vingt-seize mille francs.

Le marchand déclara avec une bonhomie railleuse:—Cela vient d'une personne qui mettait toutes ses économies en bijoux.

Lantin prononça gravement:—C'est une manière comme une autre de placer son argent. Et il s'en alla après avoir décidé avec l'acquéreur qu'une contre-expertise aurait lieu le lendemain.

Quand il se trouva dans la rue, il regarda la colonne Vendôme avec l'envie d'y grimper, comme si c'eût été un mât de cocagne. Il se sentait léger à jouer à saute-mouton par-dessus la statue de l'Empereur perché là-haut dans le ciel.

Il alla déjeuner chez Voisin et but du vin à vingt francs la bouteille.

Puis il prit un fiacre et fit un tour au Bois. Il regardait les équipages avec un certain mépris, oppressé du désir de crier aux passants: «Je suis riche aussi, moi. J'ai deux cent mille francs!»

Le souvenir de son ministère lui revint. Il s'y fit conduire, entra délibérément chez son chef et annonça:—Je viens, Monsieur, vous donner ma démission. J'ai fait un héritage de trois cent mille francs. Il alla serrer la main de ses anciens collègues et leur confia ses projets d'existence nouvelle; puis il dîna au café Anglais.

Se trouvant à côté d'un monsieur qui lui parut distingué, il ne put résister à la démangeaison de lui confier, avec une certaine coquetterie, qu'il venait d'hériter de quatre cent mille francs.

Pour la première fois de sa vie il ne s'ennuya pas au théâtre, et il passa sa nuit avec des filles.

Six mois plus tard il se remariait. Sa seconde femme était très honnête, mais d'un caractère difficile. Elle le fit beaucoup souffrir.

UN NORMAND

A Paul Alexis.

Nous venions de sortir de Rouen et nous suivions au grand trot la route de Jumièges. La légère voiture filait, traversant les prairies; puis le cheval se mit au pas pour monter la côte de Canteleu.

C'est là un des horizons les plus magnifiques qui soient au monde. Derrière nous Rouen, la ville aux églises, aux clochers gothiques, travaillés comme des bibelots d'ivoire; en face, Saint-Sever, le faubourg aux manufactures qui dresse ses mille cheminées fumantes sur le grand ciel vis-à-vis des mille clochetons sacrés de la vieille cité.

Ici la flèche de la cathédrale, le plus haut sommet des monuments humains; et là-bas, la «Pompe à feu» de la «Foudre», sa rivale presque aussi démesurée, et qui passe d'un mètre la plus géante des pyramides d'Égypte.

Devant nous la Seine se déroulait, ondulante, semée d'îles, bordée à droite de blanches falaises que couronnait une forêt, à gauche de prairies immenses qu'une autre forêt limitait, là-bas, tout là-bas.

De place en place, des grands navires à l'ancre le long des berges du large fleuve. Trois énormes vapeurs s'en allaient, à la queue leu-leu, vers le Havre; et un chapelet de bâtiments, formé d'un trois-mâts, de deux goélettes et d'un brick, remontait vers Rouen, traîné par un petit remorqueur vomissant un nuage de fumée noire.

Mon compagnon, né dans le pays, ne regardait même point ce surprenant paysage; mais il souriait sans cesse; il semblait rire en lui-même. Tout à coup, il éclata: «Ah! vous allez voir quelque chose de drôle: la chapelle au père Mathieu. Ça, c'est du nanan, mon bon.»

Je le regardai d'un œil étonné. Il reprit:

—Je vais vous faire sentir un fumet de Normandie qui vous restera dans le nez. Le père Mathieu est le plus Normand de la province, et sa chapelle une des merveilles du monde, ni plus ni moins; mais je vais vous donner d'abord quelques mots d'explication.

Le père Mathieu, qu'on appelle aussi le père «La Boisson», est un ancien sergent-major revenu dans son village natal. Il unit en des proportions admirables pour faire un ensemble parfait la blague du vieux soldat à la malice finaude du Normand. De retour au pays, il est devenu, grâce à des protections multiples et à des habiletés invraisemblables, gardien d'une chapelle miraculeuse, une chapelle protégée par la Vierge et fréquentée principalement par les filles enceintes. Il a baptisé sa statue merveilleuse: «Notre-Dame du Gros-Ventre», et il la traite avec une certaine familiarité goguenarde qui n'exclut point le respect. Il a composé lui-même et fait imprimer une prière spéciale pour sa BONNE VIERGE. Cette prière est un chef-d'œuvre d'ironie involontaire, d'esprit normand où la raillerie se mêle à la peur du SAINT, à la peur superstitieuse de l'influence secrète de quelque chose. Il ne croit pas beaucoup à sa patronne; cependant il y croit un peu, par prudence, et il la ménage, par politique.

Voici le début de cette étonnante oraison:

«Notre bonne madame la Vierge Marie, patronne des filles-mères en ce pays et par toute la terre, protégez votre servante qui a fauté dans un moment d'oubli.»

Cette supplique se termine ainsi:

«Ne m'oubliez surtout pas auprès de votre saint Époux et intercédez auprès de Dieu le Père, pour qu'il m'accorde un bon mari semblable au vôtre.»

Cette prière, interdite par le clergé de la contrée, est vendue par lui sous le manteau, et elle passe pour salutaire à celles qui la récitent avec onction.

En somme, il parle de la bonne Vierge, comme faisait de son maître le valet de chambre d'un prince redouté, confident de tous les petits secrets intimes. Il sait sur son compte une foule d'histoires amusantes, qu'il dit tout bas, entre amis, après boire.

Mais vous verrez par vous-même.

Comme les revenus fournis par la Patronne ne lui semblaient point suffisants, il a annexé à la Vierge principale un petit commerce de Saints. Il les tient tous ou presque tous. La place manquant dans la chapelle, il les a emmagasinés au bûcher, d'où il les sort sitôt qu'un fidèle les demande. Il a façonné lui-même ces statuettes de bois, invraisemblablement comiques, et les a peintes toutes en vert à pleine couleur, une année qu'on badigeonnait sa maison. Vous savez que les Saints guérissent les maladies; mais chacun a sa spécialité; et il ne faut pas commettre de confusion ni d'erreurs. Ils sont jaloux les uns des autres comme des cabotins.

Pour ne pas se tromper, les vieilles bonnes femmes viennent consulter Mathieu.

—Pour les maux d'oreilles, qué saint qu'est l'meilleur?

—Mais y a saint Osyme qu'est bon; y a aussi saint Pamphile qu'est pas mauvais.

Ce n'est pas tout.

Comme Mathieu a du temps de reste, il boit; mais il boit en artiste, en convaincu, si bien qu'il est gris régulièrement tous les soirs. Il est gris, mais il le sait; il le sait si bien qu'il note, chaque jour, le degré exact de son ivresse. C'est là sa principale occupation; la chapelle ne vient qu'après.

Et il a inventé, écoutez bien et cramponnez-vous, il a inventé le saoulomètre.

L'instrument n'existe pas, mais les observations de Mathieu sont aussi précises que celles d'un mathématicien.

Vous l'entendez dire sans cesse:—«D'puis lundi, j'ai passé quarante-cinq.»

Ou bien:—«J'étais entre cinquante-deux et cinquante-huit.»

Ou bien:—«J'en avais bien soixante-six à soixante-dix.»

Ou bien:—«Cré coquin, je m'croyais dans les cinquante, v'là que j'm'aperçois qu'j'étais dans soixante-quinze!»

Jamais il ne se trompe.

Il affirme n'avoir pas atteint le mètre, mais comme il avoue que ses observations cessent d'être précises quand il a passé quatre-vingt-dix, on ne peut se fier absolument à son affirmation.

Quand Mathieu reconnaît avoir passé quatre-vingt-dix, soyez tranquille, il était crânement gris.

Dans ces occasions-là, sa femme, Mélie, une autre merveille, se met en des colères folles. Elle l'attend sur la porte, quand il rentre, et elle hurle:—«Te voilà, salaud, cochon, bougre d'ivrogne!»

Alors Mathieu, qui ne rit plus, se campe en face d'elle, et, d'un ton sévère:— «Tais-toi, Mélie, c'est pas le moment de causer. Attends à d'main.»

Si elle continue à vociférer, il s'approche et, la voix tremblante:—«Gueule plus; j'suis dans les quatre-vingt-dix; j'ne mesure plus; j'vas cogner, prends garde!»

Alors, Mélie bat en retraite.

Si elle veut, le lendemain, revenir sur ce sujet, il lui rit au nez et répond:— «Allons, allons! assez causé; c'est passé. Tant qu'j'aurai pas atteint le mètre, y a pas de mal. Mais, si j'passe le mètre, j'te permets de m'corriger, ma parole!»

Nous avions gagné le sommet de la côte. La route s'enfonçait dans l'admirable forêt de Roumare.

L'automne, l'automne merveilleux, mêlait son or et sa pourpre aux dernières verdures restées vives, comme si des gouttes de soleil fondu avaient coulé du ciel dans l'épaisseur des bois.

On traversa Duclair, puis, au lieu de continuer sur Jumièges, mon ami tourna vers la gauche et, prenant un chemin de traverse, s'enfonça dans le taillis.

Et bientôt, du sommet d'une grande côte, nous découvrions de nouveau la magnifique vallée de la Seine, et le fleuve tortueux s'allongeant à nos pieds.

Sur la droite, un tout petit bâtiment couvert d'ardoises et surmonté d'un clocher haut comme une ombrelle s'adossait contre une jolie maison aux persiennes vertes, toute vêtue de chèvrefeuilles et de rosiers.

Une grosse voix cria: «V'là des amis!» Et Mathieu parut sur le seuil. C'était un homme de soixante ans, maigre, portant la barbiche et de longues moustaches blanches.

Mon compagnon lui serra la main, me présenta, et Mathieu nous fit entrer dans une fraîche cuisine qui lui servait aussi de salle. Il disait:

«Moi, monsieur, j'n'ai pas d'appartement distingué. J'aime bien à n'point m'éloigner du fricot. Les casseroles, voyez-vous, ça tient compagnie.»

Puis, se tournant vers mon ami:

«Pourquoi venez-vous un jeudi? Vous savez bien que c'est jour de consultation d'ma patronne. J'veux pas sortir c't'après-midi.»

Et, courant à la porte, il poussa un effroyable beuglement: «Mélie-e-e!» qui dut faire lever la tête aux matelots des navires qui descendaient ou remontaient le fleuve, là-bas, tout au fond de la creuse vallée.

Mélie ne répondit point.

Alors Mathieu cligna de l'œil avec malice.

—«A n'est pas contente après moi, voyez-vous, parce qu'hier je me suis trouvé dans les quatre-vingt-dix.»

Mon voisin se mit à rire:—«Dans les quatre-vingt-dix, Mathieu! Comment avez-vous fait?»

Mathieu répondit:

—«J'vas vous dire. J'n'ai trouvé, l'an dernier, qu'vingt rasières d'pommes d'abricot. Y n'y en a pu; mais pour faire du cidre y n'y a qu'ça. Donc j'en fis une pièce qu'je mis hier en perce. Pour du nectar c'est du nectar; vous m'en direz des nouvelles. J'avais ici Polyte; j'nous mettons à boire un coup, et puis encore un coup, sans s'rassasier (on en boirait jusqu'à d'main), si bien que, d'coup en coup, je m'sens une fraîcheur dans l'estomac. J'dis à Polyte: «Si on buvait un verre de fine pour se réchauffer!» Y consent. Mais c'te fine, ça vous met l'feu dans l'corps, si bien qu'il a fallu r'venir au cidre. Mais v'là que d'fraîcheur en chaleur et d'chaleur en fraîcheur, j'm'aperçois que j'suis dans les quatre-vingt-dix. Polyte était pas loin du mètre.»

La porte s'ouvrit. Mélie parut, et tout de suite, avant de nous avoir dit bonjour: «...Crés cochons, vous aviez bien l'mètre tous les deux.»

Alors Mathieu se fâcha:—«Dis pas ça, Mélie, dis pas ça; j'ai jamais été au mètre.»

On nous fit un déjeuner exquis, devant la porte, sous deux tilleuls, à côté de la petite chapelle de «Notre-Dame du Gros-Ventre» et en face de l'immense paysage. Et Mathieu nous raconta, avec une raillerie mêlée de crédulités inattendues, d'invraisemblables histoires de miracles.

Nous avions bu beaucoup de ce cidre adorable, piquant et sucré, frais et grisant qu'il préférait à tous les liquides et nous fumions nos pipes, à cheval sur nos chaises, quand deux bonnes femmes se présentèrent.

Elles étaient vieilles, sèches, courbées. Après avoir salué, elles demandèrent saint Blanc. Mathieu cligna de l'œil vers nous et répondit:

—J'vas vous donner ça.

Et il disparut dans son bûcher.

Il y resta bien cinq minutes; puis il revint avec une figure consternée. Il levait les bras:

—J'sais pas oùs qu'il est, je l'trouve pu; j'suis pourtant sûr que je l'avais.

Alors, faisant de ses mains un porte-voix, il mugit de nouveau: «Mélie-e-e!» Du fond de la cour sa femme répondit:

—«Qué qu'y a?

—Ousqu'il est saint Blanc! Je l'trouve pu dans l'bûcher.»

Alors, Mélie jeta cette explication:

«C'est-y pas celui qu't'as pris l'aut'e semaine pour boucher l'trou d'la cabine à lapins?»

Mathieu tressaillit:—«Nom d'un tonnerre, ça s'peut bien!»

Alors il dit aux deux femmes:—«Suivez-moi.»

Elles suivirent. Nous en fîmes autant, malades de rires étouffés.

En effet, saint Blanc, piqué en terre comme un simple pieu, maculé de boue et d'ordures, servait d'angle à la cabine à lapins.

Dès qu'elles l'aperçurent, les deux bonnes femmes tombèrent à genoux, se signèrent et se mirent à murmurer desOremus. Mais Mathieu se précipita: «Attendez, vous v'là dans la crotte; j'vas vous donner une botte de paille.»

Il alla chercher la paille et leur en fit un prie-Dieu. Puis, considérant son saint fangeux, et, craignant sans doute un discrédit pour son commerce, il ajouta:

—«J'vas vous l'débrouiller un brin.»

Il prit un seau d'eau, une brosse et se mit à laver vigoureusement le bonhomme de bois, pendant que les deux vieilles priaient toujours.

Puis, quand il eut fini, il ajouta:—«Maintenant, il n'y a plus d'mal.» Et il nous ramena boire un coup.

Comme il portait le verre à sa bouche, il s'arrêta, et, d'un air un peu confus:— «C'est égal, quand j'ai mis saint Blanc aux lapins, j'croyais bien qui n'f'rait pu d'argent. Y avait deux ans qu'on n'le d'mandait plus. Mais les saints, voyez-vous, ça n'passe jamais.»

Il but et reprit:

—«Allons, buvons encore un coup. Avec des amis y n'faut pas y aller à moins d'cinquante; et j'n'en sommes seulement pas à trente-huit.»

AU BOIS

Le maire allait se mettre à table pour déjeuner quand on le prévint que le garde champêtre l'attendait à la mairie avec deux prisonniers.

Il s'y rendit aussitôt, et il aperçut en effet son garde champêtre, le père Hochedur, debout et surveillant d'un air sévère un couple de bourgeois mûrs.

L'homme, un gros père, à nez rouge et à cheveux blancs, semblait accablé; tandis que la femme, une petite mère endimanchée très ronde, très grasse, aux joues luisantes, regardait d'un œil de défi l'agent de l'autorité qui les avait capturés.

Le maire demanda:

—Qu'est-ce que c'est, père Hochedur?

Le garde champêtre fit sa déposition.

Il était sorti le matin, à l'heure ordinaire, pour accomplir sa tournée du côté des bois Champioux jusqu'à la frontière d'Argenteuil. Il n'avait rien remarqué d'insolite dans la campagne sinon qu'il faisait beau temps et que les blés allaient bien, quand le fils aux Bredel, qui binait sa vigne, avait crié:

—Hé, père Hochedur, allez voir au bord du bois, au premier taillis, vous y trouverez un couple de pigeons qu'ont bien cent trente ans à eux deux.

Il était parti dans la direction indiquée; il était entré dans le fourré et il avait entendu des paroles et des soupirs qui lui firent supposer un flagrant délit de mauvaises mœurs.

Donc, avançant sur ses genoux et sur ses mains comme pour surprendre un braconnier, il avait appréhendé le couple présent au moment où il s'abandonnait à son instinct.

Le maire stupéfait considéra les coupables. L'homme comptait bien soixante ans et la femme au moins cinquante-cinq.

Il se mit à les interroger, en commençant par le mâle, qui répondait d'une voix si faible qu'on l'entendait à peine.

—Votre nom.

—Nicolas Beaurain.

—Votre profession.

—Mercier, rue des Martyrs, à Paris.

—Qu'est-ce que vous faisiez dans ce bois?

Le mercier demeura muet, la tête baissée sur son gros ventre, les mains à plat sur ses cuisses.

Le maire reprit:

—Niez-vous ce qu'affirme l'agent de l'autorité municipale?

—Non, monsieur.

—Alors, vous avouez?

—Oui, monsieur.

—Qu'avez-vous à dire pour votre défense?

—Rien, monsieur.

—Où avez-vous rencontré votre complice?

—C'est ma femme, monsieur.

—Votre femme?

—Oui, monsieur.

—Alors... alors... vous ne vivez donc pas ensemble... à Paris?

—Pardon, monsieur, nous vivons ensemble!

—Mais... alors... vous êtes fou, tout à fait fou, mon cher monsieur, de venir vous faire pincer ainsi, en plein champ, à dix heures du matin.

Le mercier semblait prêt à pleurer de honte. Il murmura:

—C'est elle qui a voulu ça! Je lui disais hier que c'était stupide. Mais quand une femme a quelque chose dans la tête... vous savez... elle ne l'a pas ailleurs.

Le maire, qui aimait l'esprit gaulois, sourit et répliqua:

—Dans votre cas, c'est le contraire qui aurait dû avoir lieu. Vous ne seriez pas ici si elle ne l'avait eu que dans la tête.

Alors une colère saisit M. Beaurain, et se tournant vers sa femme:

—Vois-tu où tu nous as menés avec ta poésie? Hein, y sommes-nous? Et nous irons devant les tribunaux, maintenant, à notre âge, pour attentat aux mœurs! Et il nous faudra fermer boutique, vendre la clientèle et changer de quartier. Y sommes-nous?

Mme Beaurain se leva, et, sans regarder son mari, elle s'expliqua sans embarras, sans vaine pudeur, presque sans hésitation.

—Mon Dieu, monsieur le maire, je sais bien que nous sommes ridicules. Voulez-vous me permettre de plaider ma cause comme un avocat, ou mieux comme une pauvre femme; et j'espère que vous voudrez bien nous renvoyer chez nous, et nous épargner la honte des poursuites.

Autrefois, quand j'étais jeune, j'ai fait la connaissance de M. Beaurain dans ce pays-ci, un dimanche. Il était employé dans un magasin de mercerie; moi j'étais demoiselle dans un magasin de confections. Je me rappelle de ça comme d'hier. Je venais passer les dimanches ici, de temps en temps, avec une amie, Rose Levêque, avec qui j'habitais rue Pigalle. Rose avait un bon ami, et moi pas. C'est lui qui nous conduisait ici. Un samedi, il m'annonça en riant, qu'il amènerait un camarade le lendemain. Je compris bien ce qu'il voulait; mais je répondis que c'était inutile. J'étais sage, monsieur.

«Le lendemain donc, nous avons trouvé au chemin de fer M. Beaurain. Il était bien de sa personne à cette époque-là. Mais j'étais décidée à ne pas céder, et je ne cédai pas non plus.

«Nous voici donc arrivés à Bezons. Il faisait un temps superbe, de ces temps qui vous chatouillent le cœur. Moi, quand il fait beau, aussi bien maintenant qu'autrefois, je deviens bête à pleurer, et quand je suis à la campagne je perds la tête. La verdure, les oiseaux qui chantent, les blés qui remuent au vent, les hirondelles qui vont si vite, l'odeur de l'herbe, les coquelicots, les marguerites, tout ça me rend folle! C'est comme le champagne quand on n'en a pas l'habitude!

«Donc il faisait un temps superbe, et doux, et clair, qui vous entrait dans le corps par les yeux en regardant et par la bouche en respirant. Rose et Simon s'embrassaient toutes les minutes! Ça me faisait quelque chose de les voir. M. Beaurain et moi nous marchions derrière eux, sans guère parler. Quand on ne se connaît pas on ne trouve rien à se dire. Il avait l'air timide, ce garçon, et ça me plaisait de le voir embarrassé. Nous voici arrivés dans le petit bois. Il y faisait frais comme dans un bain, et tout le monde s'assit sur l'herbe. Rose et son ami me plaisantaient sur ce que j'avais l'air sévère; vous comprenez bien que je ne pouvais pas être autrement. Et puis voilà qu'ils recommencent à s'embrasser sans plus se gêner que si nous n'étions pas là; et puis ils se sont parlé tout bas; et puis ils se sont levés et ils sont partis dans les feuilles sans rien dire. Jugez quelle sotte figure je faisais, moi, en face de ce garçon que je voyais pour la première fois. Je me sentais tellement confuse de les voir partir ainsi que ça me donna du courage; et je me suis mise à parler. Je lui demandai ce qu'il faisait; il était commis de mercerie, comme je vous l'ai appris tout à l'heure. Nous causâmes donc quelques instants; ça l'enhardit, lui, et il voulut prendre des privautés, mais je le remis à sa place, et roide, encore. Est-ce pas vrai, monsieur Beaurain?»

M. Beaurain, qui regardait ses pieds avec confusion, ne répondit pas.

Elle reprit: «Alors il a compris que j'étais sage, ce garçon, et il s'est mis à me faire la cour, gentiment, en honnête homme. Depuis ce jour il est revenu tous les dimanches. Il était très amoureux de moi, Monsieur. Et moi aussi je l'aimais beaucoup, mais là, beaucoup! c'était un beau garçon, autrefois.

«Bref, il m'épousa en septembre et nous prîmes notre commerce rue des Martyrs.

«Ce fut dur pendant des années, Monsieur. Les affaires n'allaient pas; et nous ne pouvions guère nous payer des parties de campagne. Et puis, nous en avions perdu l'habitude. On a autre chose en tête, on pense à la caisse plus qu'aux fleurettes, dans le commerce. Nous vieillissions, peu à peu, sans nous en apercevoir, en gens tranquilles qui ne pensent guère à l'amour. On ne regrette rien tant qu'on ne s'aperçoit pas que ça vous manque.

Et puis, Monsieur, les affaires ont mieux été, nous nous sommes rassurés sur l'avenir! Alors, voyez-vous, je ne sais pas trop ce qui s'est passé en moi, non, vraiment, je ne sais pas!

«Voilà que je me suis mise à rêver comme une petite pensionnaire. La vue des voiturettes de fleurs qu'on traîne dans les rues me tirait les larmes. L'odeur des violettes venait me chercher à mon fauteuil, derrière ma caisse, et me faisait battre le cœur! Alors je me levais et je m'en venais sur le pas de ma porte pour regarder le bleu du ciel entre les toits. Quand on regarde le ciel dans une rue, ça a l'air d'une rivière, d'une longue rivière qui descend sur Paris en se tortillant; et les hirondelles passent dedans comme des poissons. C'est bête comme tout, ces choses-là, à mon âge! Que voulez-vous, Monsieur, quand on a travaillé toute sa vie, il vient un moment où s'aperçoit qu'on aurait pu faire autre chose, et, alors, on regrette, oh! oui, on regrette! Songez donc que, pendant vingt ans, j'aurais pu aller cueillir des baisers dans les bois, comme les autres, comme les autres femmes. Je songeais comme c'est bon d'être couché sous les feuilles en aimant quelqu'un! Et j'y pensais tous les jours, toutes les nuits! Je rêvais de clairs de lune sur l'eau jusqu'à avoir envie de me noyer.

«Je n'osais pas parler de ça à M. Beaurain dans les premiers temps. Je savais bien qu'il se moquerait de moi et qu'il me renverrait vendre mon fil et mes aiguilles! Et puis, à vrai dire, M. Beaurain ne me disait plus grand'chose; mais en me regardant dans ma glace, je comprenais bien aussi que je ne disais plus rien à personne, moi!

«Donc, je me décidai et je lui proposai une partie de campagne au pays où nous nous étions connus. Il accepta sans défiance et nous voici arrivés, ce matin, vers les neuf heures.

«Moi je me sentis toute retournée quand je suis entrée dans les blés. Ça ne vieillit pas, le cœur des femmes! Et, vrai, je ne voyais plus mon mari tel qu'il est, mais bien tel qu'il était autrefois! Ça, je vous le jure, Monsieur. Vrai de vrai, j'étais grise. Je me mis à l'embrasser; il en fut plus étonné que si j'avais voulu l'assassiner. Il me répétait: «Mais tu es folle. Mais tu es folle. Mais tu es folle, ce matin. Qu'est-ce qui te prend?...» Je ne l'écoutais pas, moi, je n'écoutais que mon cœur. Et je le fis entrer dans le bois... Et voilà!... J'ai dit la vérité, monsieur le maire, toute la vérité.»

Le maire était un homme d'esprit. Il se leva, sourit, et dit: «Allez en paix, Madame, et ne péchez plus... sous les feuilles.»

LE LOUP

Voici ce que nous raconta le vieux marquis d'Arville à la fin du dîner de Saint-Hubert, chez le baron des Ravels.

On avait forcé un cerf dans le jour. Le marquis était le seul des convives qui n'eût point pris part à cette poursuite, car il ne chassait jamais.

Pendant toute la durée du grand repas, on n'avait guère parlé que de massacres d'animaux. Les femmes elles-mêmes s'intéressaient aux récits sanguinaires et souvent invraisemblables, et les orateurs mimaient les attaques et les combats d'hommes contre les bêtes, levaient les bras, contaient d'une voix tonnante.

M. d'Arville parlait bien, avec une certaine poésie un peu ronflante, mais pleine d'effet. Il avait dû répéter souvent cette histoire, car il la disait couramment, n'hésitant pas sur les mots choisis avec habileté pour faire image.

—Messieurs, je n'ai jamais chassé, mon père non plus, mon grand-père non plus, et, non plus, mon arrière-grand-père. Ce dernier était fils d'un homme qui chassa plus que vous tous. Il mourut en 1764. Je vous dirai comment.

Il se nommait Jean, était marié, père de cet enfant qui fut mon trisaïeul, et il habitait avec son frère cadet, François d'Arville, notre château de Lorraine, en pleine forêt.

François d'Arville était resté garçon par amour de la chasse.

Ils chassaient tous deux d'un bout à l'autre de l'année, sans repos, sans arrêt, sans lassitude. Ils n'aimaient que cela, ne comprenaient pas autre chose, ne parlaient que de cela, ne vivaient que pour cela.

Ils avaient au cœur cette passion terrible, inexorable. Elle les brûlait, les ayant envahis tout entiers, ne laissant de place pour rien autre.

Ils avaient défendu qu'on les dérangeât jamais en chasse, pour aucune raison. Mon trisaïeul naquit pendant que son père suivait un renard, et Jean d'Arville n'interrompit point sa course, mais il jura: «Nom d'un nom, ce gredin-là aurait bien pu attendre après l'hallali!»

Son frère François se montrait encore plus emporté que lui. Dès le lever, il allait voir les chiens, puis les chevaux, puis il tirait des oiseaux autour du château jusqu'au moment de partir pour forcer quelque grosse bête.

On les appelait dans le pays M. le Marquis et M. le Cadet, les nobles d'alors ne faisant point, comme la noblesse d'occasion de notre temps, qui veut établir dans les titres une hiérarchie descendante; car le fils d'un marquis n'est pas plus comte, ni le fils d'un vicomte baron, que le fils d'un général n'est colonel de naissance. Mais la vanité mesquine du jour trouve profit à cet arrangement.

Je reviens à mes ancêtres.

Ils étaient, paraît-il, démesurément grands, osseux, poilus, violents et vigoureux. Le jeune, plus haut encore que l'aîné, avait une voix tellement forte que, suivant une légende dont il était fier, toutes les feuilles de la forêt s'agitaient quand il criait.

Et lorsqu'ils se mettaient en selle tous deux pour partir en chasse, ce devait être un spectacle superbe de voir ces deux géants enfourcher leurs grands chevaux.

Or, vers le milieu de l'hiver de cette année 1764, les froids furent excessifs et les loups devinrent féroces.

Ils attaquaient même les paysans attardés, rôdaient la nuit autour des maisons, hurlaient du coucher du soleil à son lever et dépeuplaient les étables.

Et bientôt une rumeur circula. On parlait d'un loup colossal, au pelage gris, presque blanc, qui avait mangé deux enfants, dévoré le bras d'une femme, étranglé tous les chiens de garde du pays et qui pénétrait sans peur dans les enclos pour venir flairer sous les portes. Tous les habitants affirmaient avoir senti son souffle qui faisait vaciller la flamme des lumières. Et bientôt une panique courut par toute la province. Personne n'osait plus sortir dès que tombait le soir. Les ténèbres semblaient hantées par l'image de cette bête.

Les frères d'Arville résolurent de la trouver et de la tuer, et ils convièrent à de grandes chasses tous les gentilshommes du pays.

Ce fut en vain. On avait beau battre les forêts, fouiller les buissons, on ne la rencontrait jamais. On tuait des loups, mais pas celui-là. Et, chaque nuit qui suivait la battue, l'animal, comme pour se venger, attaquait quelque voyageur ou dévorait quelque bétail, toujours loin du lieu où on l'avait cherché.

Une nuit enfin, il pénétra dans l'étable aux porcs du château d'Arville et mangea les deux plus beaux élèves.

Les deux frères furent enflammés de colère, considérant cette attaque comme une bravade du monstre, une injure directe, un défi. Ils prirent tous leurs forts limiers habitués à poursuivre les bêtes redoutables, et ils se mirent en chasse, le cœur soulevé de fureur.

Depuis l'aurore jusqu'à l'heure où le soleil empourpré descendit derrière les grands arbres nus, ils battirent les fourrés sans rien trouver.

Tous deux enfin, furieux et désolés, revenaient au pas de leurs chevaux par une allée bordée de broussailles, et s'étonnaient de leur science déjouée par ce loup, saisis soudain d'une sorte de crainte mystérieuse.

L'aîné disait:

—Cette bête-là n'est point ordinaire. On dirait qu'elle pense comme un homme.

Le cadet répondit:

—On devrait peut-être faire bénir une balle par notre cousin l'évêque, ou prier quelque prêtre de prononcer les paroles qu'il faut.

Puis ils se turent.

Jean reprit:

—Regarde le soleil s'il est rouge. Le grand loup va faire quelque malheur cette nuit.

Il n'avait point fini de parler que son cheval se cabra: celui de François se mit à ruer. Un large buisson couvert de feuilles mortes s'ouvrit devant eux, et une bête colossale, toute grise, surgit, qui détala à travers le bois.

Tous deux poussèrent une sorte de grognement de joie, et, se courbant sur l'encolure de leurs pesants chevaux, ils les jetèrent en avant d'une poussée de tout leur corps, les lançant d'une telle allure, les excitant, les entraînant, les affolant de la voix, du geste et de l'éperon, que les forts cavaliers semblaient porter les lourdes bêtes entre leurs cuisses et les enlever comme s'ils s'envolaient.

Ils allaient ainsi, ventre à terre, crevant les fourrés, coupant les ravins, grimpant les côtes, dévalant les gorges, et sonnant du cor à pleins poumons pour attirer leurs gens et leurs chiens.

Et voilà que soudain, dans cette course éperdue, mon aïeul heurta du front une branche énorme qui lui fendit le crâne; et il tomba raide sur le sol, tandis que son cheval affolé s'emportait, disparaissait dans l'ombre enveloppant les bois.

Le cadet d'Arville s'arrêta net, sauta par terre, saisit dans ses bras son frère, il vit que la cervelle coulait de la plaie avec le sang.

Alors il s'assit auprès du corps, posa sur ses genoux la tête défigurée et rouge, et il attendit en contemplant cette face immobile de l'aîné. Peu à peu une peur l'envahissait, une peur singulière qu'il n'avait jamais sentie encore, la peur de l'ombre, la peur de la solitude, la peur du bois désert et la peur aussi du loup fantastique qui venait de tuer son frère pour se venger d'eux.

Les ténèbres s'épaississaient, le froid aigu faisait craquer les arbres. François se leva, frissonnant, incapable de rester là plus longtemps, se sentant presque défaillir. On n'entendait plus rien, ni la voix des chiens ni le son des cors, tout était muet par l'invisible horizon; et ce silence morne du soir glacé avait quelque chose d'effrayant et d'étrange.

Il saisit dans ses mains de colosse le grand corps de Jean, le dressa et le coucha en travers sur la selle pour le reporter au château; puis il se remit en marche doucement, l'esprit troublé comme s'il était gris, poursuivi par des images horribles et surprenantes.

Et, brusquement, dans le sentier qu'envahissait la nuit, une grande forme passa. C'était la bête. Une secousse d'épouvante agita le chasseur; quelque chose de froid, comme une goutte d'eau, lui glissa le long des reins, et il fit, ainsi qu'un moine hanté du diable, un grand signe de croix, éperdu à ce retour brusque de l'effrayant rôdeur. Mais ses yeux retombèrent sur le corps inerte couché devant lui, et soudain, passant brusquement de la crainte à la colère, il frémit d'une rage désordonnée.

Alors il piqua son cheval et s'élança derrière le loup.

Il le suivait par les taillis, les ravines et les futaies, traversant des bois qu'il ne reconnaissait plus, l'œil fixé sur la tache blanche qui fuyait dans la nuit descendue sur la terre.

Son cheval aussi semblait animé d'une force et d'une ardeur inconnues. Il galopait le cou tendu, droit devant lui, heurtant aux arbres, aux rochers, la tête et les pieds du mort jeté en travers sur la selle. Les ronces arrachaient les cheveux; le front, battant les troncs énormes, les éclaboussait de sang; les éperons déchiraient des lambeaux d'écorce.

Et soudain, l'animal et le cavalier sortirent de la forêt et se ruèrent dans un vallon, comme la lune apparaissait au-dessus des monts. Ce vallon était pierreux, fermé par des roches énormes, sans issue possible; et le loup acculé se retourna.

François alors poussa un hurlement de joie que les échos répétèrent comme un roulement de tonnerre, et il sauta de cheval, son coutelas à la main.

La bête hérissée, le dos rond, l'attendait; ses yeux luisaient comme deux étoiles. Mais, avant de livrer bataille, le fort chasseur, empoignant son frère, l'assit sur une roche, et, soutenant avec des pierres sa tête qui n'était plus qu'une tache de sang, il lui cria dans les oreilles, comme s'il eût été sourd: «Regarde, Jean, regarde ça!»

Puis il se jeta sur le monstre. Il se sentait fort à culbuter une montagne, à broyer des pierres dans ses mains. La bête le voulut mordre, cherchant à fouiller le ventre; mais il l'avait saisie par le cou, sans même se servir de son arme, et il l'étranglait doucement, écoutant s'arrêter les souffles de sa gorge et les battements de son cœur. Et il riait, jouissant éperdument, serrant de plus en plus sa formidable étreinte, criant dans un délire de joie: «Regarde, Jean, regarde!» Toute résistance cessa; le corps du loup devint flasque. Il était mort.

Alors François, le prenant à pleins bras, l'emporta et le vint jeter aux pieds de l'aîné en répétant d'une voix attendrie: «Tiens, tiens, tiens, mon petit Jean, le voilà!»

Puis il replaça sur sa selle les deux cadavres l'un sur l'autre; et il se remit en route.

Il rentra au château, riant et pleurant, comme Gargantua à la naissance de Pantagruel, poussant des cris de triomphe et trépignant d'allégresse en racontant la mort de l'animal, et gémissant et s'arrachant la barbe en disant celle de son frère.

Et souvent, plus tard, quand il reparlait de ce jour, il prononçait, les larmes aux yeux: «Si seulement ce pauvre Jean avait pu me voir étrangler l'autre, il serait mort content, j'en suis sûr!»

La veuve de mon aïeul inspira à son fils orphelin l'horreur de la chasse, qui s'est transmise de père en fils jusqu'à moi.

Le marquis d'Arville se tut. Quelqu'un demanda:

—Cette histoire est une légende, n'est-ce pas?

Et le conteur répondit:

—Je vous jure qu'elle est vraie d'un bout à l'autre.

Alors une femme déclara d'une petite voix douce:

—C'est égal, c'est beau d'avoir des passions pareilles.

UN FILS

A René Maizeroy.

Ils se promenaient, les deux vieux amis, dans le jardin tout fleuri où le gai Printemps remuait de la vie.

L'un était Sénateur, et l'autre de l'Académie française, graves tous deux, pleins de raisonnements très logiques mais solennels, gens de marque et de réputation.

Ils parlotèrent d'abord de politique, échangeant des pensées, non pas sur des Idées, mais sur des hommes: les personnalités, en cette matière, primant toujours la Raison. Puis ils soulevèrent quelques souvenirs; puis ils se turent, continuant à marcher côte à côte, tout amollis par la tiédeur de l'air.

Une grande corbeille de ravenelles exhalait des souffles sucrés et délicats; un tas de fleurs de toute race et de toute nuance jetaient leurs odeurs dans la brise, tandis qu'un faux-ébénier, vêtu de grappes jaunes, éparpillait au vent sa fine poussière, une fumée d'or qui sentait le miel et qui portait, pareille aux poudres caressantes des parfumeurs, sa semence embaumée à travers l'espace.

Le sénateur s'arrêta, huma le nuage fécondant qui flottait, considéra l'arbre amoureux resplendissant comme un soleil et dont les germes s'envolaient. Et il dit: «Quand on songe que ces imperceptibles atomes, qui sentent bon, vont créer des existences à des centaines de lieues d'ici, vont faire tressaillir les fibres et les sèves d'arbres femelles et produire des êtres à racines, naissant d'un germe comme nous, mortels comme nous, et qui seront remplacés par d'autres êtres de même essence, comme nous toujours!»

Puis, planté devant l'ébénier radieux dont les parfums vivifiants se détachaient à tous les frissons de l'air, M. le sénateur ajouta: «Ah! mon gaillard s'il te fallait faire le compte de tes enfants, tu serais bigrement embarrassé. En voilà un qui les exécute facilement et qui les lâche sans remords, et qui ne s'en inquiète guère.»

L'académicien ajouta: «Nous en faisons autant, mon ami.»

Le sénateur reprit: «Oui, je ne le nie pas, nous les lâchons quelquefois, mais nous le savons au moins, et cela constitue notre supériorité.»

Mais l'autre secoua la tête: «Non, ce n'est pas là ce que je veux dire; voyez-vous, mon cher, il n'est guère d'homme qui ne possède des enfants ignorés, ces enfants dits de père inconnu, qu'il a faits, comme cet arbre reproduit, presque inconsciemment.

S'il fallait établir le compte des femmes que nous avons eues, nous serions, n'est-ce pas, aussi embarrassés que cet ébénier que vous interpelliez le serait pour numéroter ses descendants.

De dix-huit à quarante ans enfin, en faisant entrer en ligne les rencontres passagères, les contacts d'une heure, on peut bien admettre que nous avons eu des... rapports intimes avec deux ou trois cents femmes.

Eh bien, mon ami, dans ce nombre êtes-vous sûr que vous n'en ayez pas fécondé au moins une, et que vous ne possédiez point sur le pavé, ou au bagne, un chenapan de fils qui vole et assassine les honnêtes gens, c'est-à-dire nous; ou bien une fille dans quelque mauvais lieu; ou peut-être, si elle a eu la chance d'être abandonnée par sa mère, cuisinière en quelque famille.

Songez en outre que presque toutes les femmes que nous appelons publiques possèdent un ou deux enfants dont elles ignorent le père, enfants attrapés dans le hasard de leurs étreintes à dix ou vingt francs. Dans tout métier on fait la part des profits et pertes. Ces rejetons-là constituent les «pertes» de leur profession. Quels sont les générateurs?—Vous,—moi—nous tous, les hommes dits comme il faut! Ce sont les résultats de nos joyeux dîners d'amis, de nos soirs de gaîté, de ces heures où notre chair contente nous pousse aux accouplements d'aventure.

Les voleurs, les rôdeurs, tous les misérables, enfin, sont nos enfants. Et cela vaut encore mieux pour nous que si nous étions les leurs, car ils reproduisent aussi, ces gredins-là!

Tenez, j'ai, pour ma part, sur la conscience, une très vilaine histoire que je veux vous dire. C'est pour moi un remords incessant, plus que cela, c'est un doute continuel, une inapaisable incertitude qui, parfois, me torture horriblement.

A l'âge de vingt-cinq ans, j'avais entrepris avec un de mes amis, aujourd'hui conseiller d'État, un voyage en Bretagne, à pied.

Après quinze ou vingt jours de marche forcenée, après avoir visité les Côtes-du-Nord et une partie du Finistère, nous arrivions à Douarnenez; de là, en une étape, on gagna la sauvage pointe du Raz par la baie des Trépassés, et on coucha dans un village quelconque dont le nom finissait en of; mais, le matin venu, une fatigue étrange retint au lit mon camarade. Je dis au lit par habitude, car notre couche se composait simplement de deux bottes de paille.

Impossible d'être malade en ce lieu. Je le forçai donc à se lever, et nous parvînmes à Audierne vers quatre ou cinq heures du soir.

Le lendemain, il allait un peu mieux; on repartit; mais, en route, il fut pris de malaises intolérables, et c'est à grand'peine que nous pûmes atteindre Pont-Labbé.

Là, au moins, nous avions une auberge. Mon ami se coucha et le médecin, qu'on fit venir de Quimper, constata une forte fièvre, sans en déterminer la nature.

Connaissez-vous Pont-Labbé?—Non.—Eh bien, c'est la ville la plus bretonne de toute cette Bretagne bretonnante qui va de la pointe du Raz au Morbihan, de cette contrée qui contient l'essence des mœurs, des légendes, des coutumes bretonnes. Encore aujourd'hui, ce coin de pays n'a presque pas changé. Je dis: encore aujourd'hui, car j'y retourne à présent tous les ans, hélas!

Un vieux château baigne le pied de ses tours dans un grand étang triste, triste, avec des vols d'oiseaux sauvages. Une rivière sort de là que les caboteurs peuvent remonter jusqu'à la ville. Et dans les rues étroites aux maisons antiques, les hommes portent le grand chapeau, la gilet brodé et les quatre vestes superposées: la première, grande comme la main, couvrant au plus les omoplates, et la dernière s'arrêtant juste au-dessus du fond de culotte.

Les filles, grandes, belles, fraîches, ont la poitrine écrasée dans un gilet de drap qui forme cuirasse, les étreint, ne laissant même pas deviner leur gorge puissante et martyrisée; et elles sont coiffées d'une étrange façon: sur les tempes, deux plaques brodées en couleur encadrent le visage, serrent les cheveux qui tombent en nappe derrière la tête, puis remontent se tasser au sommet du crâne sous un singulier bonnet, tissu souvent d'or ou d'argent.

La servante de notre auberge avait dix-huit ans au plus, des yeux tout bleus, d'un bleu pâle que perçaient les deux petits points noirs de la pupille; et ses dents courtes, serrées, qu'elle montrait sans cesse en riant, semblaient faites pour broyer du granit.

Elle ne savait pas un mot de français, ne parlant que le breton, comme la plupart de ses compatriotes.

Or, mon ami n'allait guère mieux, et, bien qu'aucune maladie ne se déclarât, le médecin lui défendait de partir encore, ordonnant un repos complet. Je passais donc les journées près de lui, et sans cesse la petite bonne entrait, apportant soit mon dîner, soit de la tisane.

Je la lutinais un peu, ce qui semblait l'amuser, mais nous ne causions pas, naturellement, puisque nous ne nous comprenions point.

Or, une nuit, comme j'étais resté fort tard auprès du malade, je croisai, en regagnant ma chambre, la fillette qui rentrait dans la sienne. C'était juste en face de ma porte ouverte; alors, brusquement, sans réfléchir à ce que je faisais, plutôt par plaisanterie qu'autrement, je la saisis à pleine taille, et, avant qu'elle fût revenue de sa stupeur, je l'avais jetée et enfermée chez moi. Elle me regardait, effarée, affolée, épouvantée, n'osant pas crier de peur d'un scandale, d'être chassée sans doute par ses maîtres d'abord, et peut-être par son père ensuite.

J'avais fait cela en riant; mais, dès qu'elle fut chez moi, le désir de la posséder m'envahit. Ce fut une lutte longue et silencieuse, une lutte corps à corps, à la façon des athlètes, avec les bras tendus, crispés, tordus, la respiration essoufflée, la peau mouillée de sueur. Oh! elle se débattit vaillamment; et parfois nous heurtions un meuble, une cloison, une chaise; alors, toujours enlacés, nous restions immobiles plusieurs secondes dans la crainte que le bruit n'eût éveillé quelqu'un; puis nous recommencions notre acharnée bataille, moi l'attaquant, elle résistant.

Épuisée enfin, elle tomba; et je la pris brutalement, par terre, sur le pavé.

Sitôt relevée, elle courut à la porte, tira les verrous et s'enfuit.

Je la rencontrai à peine les jours suivants. Elle ne me laissait point l'approcher. Puis, comme mon camarade était guéri et que nous devions reprendre notre voyage, je la vis entrer, la veille de mon départ, à minuit, nu-pieds, en chemise, dans ma chambre où je venais de me retirer.

Elle se jeta dans mes bras, m'étreignit passionnément, puis, jusqu'au jour, m'embrassa, me caressa, pleurant, sanglotant, me donnant enfin toutes les assurances de tendresse et de désespoir qu'une femme peut nous donner quand elle ne sait pas notre langue.

Huit jours après, j'avais oublié cette aventure, commune et fréquente quand on voyage, les servantes d'auberge étant généralement destinées à distraire ainsi les voyageurs.

Et je fus trente ans sans y songer et sans revenir à Pont-Labbé.

Or, en 1876, j'y retournai par hasard au cours d'une excursion en Bretagne, entreprise pour documenter un livre et pour bien me pénétrer des paysages.

Rien ne me sembla changé. Le château mouillait toujours ses murs grisâtres dans l'étang, à l'entrée de la petite ville; et l'auberge était la même quoique réparée, remise à neuf, avec un air plus moderne. En entrant, je fus reçu par deux jeunes Bretonnes de dix-huit ans, fraîches et gentilles, encuirassées dans leur étroit gilet de drap, casquées d'argent avec les grandes plaques brodées sur les oreilles.

Il était environ six heures du soir. Je me mis à table pour dîner et, comme le patron s'empressait lui-même à me servir, la fatalité sans doute me fit dire: «Avez-vous connu les anciens maîtres de cette maison? J'ai passé ici une dizaine de jours il y a trente ans maintenant. Je vous parle de loin.»

Il répondit: «C'étaient mes parents, monsieur».

Alors je lui racontai en quelle occasion je m'étais arrêté, comment j'avais été retenu par l'indisposition d'un camarade. Il ne me laissa pas achever.

«—Oh! je me rappelle parfaitement. J'avais alors quinze ou seize ans. Vous couchiez dans la chambre du fond et votre ami dans celle dont j'ai fait la mienne, sur la rue.»

C'est alors seulement que le souvenir très vif de la petite bonne me revint. Je demandai: «—Vous rappelez-vous une gentille petite servante qu'avait alors votre père, et qui possédait, si ma mémoire ne me trompe, de jolis yeux bleus et des dents fraîches?»

Il reprit: «—Oui, monsieur; elle est morte en couches quelque temps après.»

Et, tendant la main vers la cour où un homme maigre et boîteux remuait du fumier, il ajouta: «—Voilà son fils.»

Je me mis à rire. «—Il n'est pas beau et ne ressemble guère à sa mère. Il tient du père sans doute.»

L'aubergiste reprit: «—Ça se peut bien; mais on n'a jamais su à qui c'était. Elle est morte sans le dire et personne ici ne lui connaissait de galant. Ça a été un fameux étonnement quand on a appris qu'elle était enceinte. Personne ne voulait le croire.»

J'eus une sorte de frisson désagréable, un de ces effleurements pénibles qui nous touchent le cœur, comme l'approche d'un lourd chagrin. Et je regardai l'homme dans la cour. Il venait maintenant de puiser de l'eau pour les chevaux et portait ses deux seaux en boitant, avec un effort douloureux de la jambe plus courte. Il était déguenillé, hideusement sale, avec de longs cheveux jaunes tellement mêlés qu'ils lui tombaient comme des cordes sur les joues.

L'aubergiste ajouta: «—Il ne vaut pas grand'chose, ça a été gardé par charité dans la maison. Peut-être qu'il aurait mieux tourné si on l'avait élevé comme tout le monde. Mais que voulez-vous, monsieur? Pas de père, pas de mère, pas d'argent! Mes parents ont eu pitié de l'enfant, mais ce n'était pas à eux, vous comprenez.»

Je ne dis rien.

Et je couchai dans mon ancienne chambre; et toute la nuit je pensai à cet affreux valet d'écurie en me répétant: «—Si c'était mon fils, pourtant? Aurais-je donc pu tuer cette fille et procréer cet être?»—C'était possible, enfin!

Je résolus de parler à cet homme et de connaître exactement la date de sa naissance. Une différence de deux mois devait m'arracher mes doutes.

Je le fis venir le lendemain. Mais il ne parlait pas le français non plus, il avait l'air de ne rien comprendre d'ailleurs, ignorant absolument son âge qu'une des bonnes lui demanda de ma part. Et il se tenait d'un air idiot devant moi, roulant son chapeau dans ses pattes noueuses et dégoûtantes, riant stupidement, avec quelque chose du rire ancien de la mère dans le coin des lèvres et dans le coin des yeux.

Mais le patron survenant alla chercher l'acte de naissance du misérable. Il était entré dans la vie huit mois et vingt-six jours après mon passage à Pont-Labbé, car je me rappelais parfaitement être arrivé à Lorient le 15 août. L'acte portait la mention: «Père inconnu». La mère s'était appelée Jeanne Kerradec.

Alors mon cœur se mit à battre à coups pressés. Je ne pouvais plus parler tant je me sentais suffoqué; et je regardais cette brute dont les grands cheveux jaunes semblaient un fumier plus sordide que celui des bêtes; et le gueux, gêné par mon regard, cessait de rire, détournait la tête, cherchait à s'en aller.

Tout le jour j'errai le long de la petite rivière, en réfléchissant douloureusement. Mais à quoi bon réfléchir? Rien ne pouvait me fixer. Pendant des heures et des heures je pesais toutes les raisons bonnes ou mauvaises pour ou contre mes chances de paternité, m'énervant en des suppositions inextricables, pour revenir sans cesse à la même horrible incertitude, puis à la conviction plus atroce encore que cet homme était mon fils.

Je ne pus dîner et je me retirai dans ma chambre. Je fus longtemps sans parvenir à dormir; puis le sommeil vint, un sommeil hanté de visions insupportables. Je voyais ce goujat qui me riait au nez, m'appelait «papa»; puis il se changeait en chien et me mordait les mollets, et, j'avais beau me sauver, il me suivait toujours, et au lieu d'aboyer il parlait, m'injuriait; puis il comparaissait devant mes collègues de l'Académie réunis pour décider si j'étais bien son père; et l'un d'eux s'écriait: «C'est indubitable! Regardez donc comme il lui ressemble.» Et en effet je m'apercevais que ce monstre me ressemblait. Et je me réveillai avec cette idée plantée dans le crâne et avec le désir fou de revoir l'homme pour décider si, oui ou non, nous avions des traits communs.

Je le joignis comme il allait à la messe (c'était un dimanche) et je lui donnai cent sous en le dévisageant anxieusement. Il se remit à rire d'une ignoble façon, prit l'argent, puis, gêné de nouveau par mon œil, il s'enfuit après avoir bredouillé un mot à peu près inarticulé, qui voulait dire «merci», sans doute.

La journée se passa pour moi dans les mêmes angoisses que la veille. Vers le soir je fis venir l'hôtelier, et avec beaucoup de précautions, d'habiletés, de finesses, je lui dis que je m'intéressais à ce pauvre être si abandonné de tous et privé de tout, et que je voulais faire quelque chose pour lui.

Mais l'homme répliqua: «Oh! n'y songez pas, monsieur, il ne vaut rien, vous n'en aurez que du désagrément. Moi, je l'emploie à vider l'écurie, et c'est tout ce qu'il peut faire. Pour ça je le nourris et il couche avec les chevaux. Il ne lui en faut pas plus. Si vous avez une vieille culotte, donnez-la lui, mais elle sera en pièces dans huit jours.»

Je n'insistai pas, me réservant d'aviser.

Le gueux rentra le soir horriblement ivre, faillit mettre le feu à la maison, assomma un cheval à coups de pioche, et, en fin de compte, s'endormit dans la boue sous la pluie, grâce à mes largesses.

On me pria le lendemain de ne plus lui donner d'argent. L'eau-de-vie le rendait furieux, et, dès qu'il avait deux sous en poche, il les buvait. L'aubergiste ajouta: «Lui donner de l'argent c'est vouloir sa mort.» Cet homme n'en avait jamais eu, absolument jamais, sauf quelques centimes jetés par les voyageurs, et il ne connaissait pas d'autre destination à ce métal que le cabaret.

Alors je passai des heures dans ma chambre, avec un livre ouvert que je semblais lire, mais ne faisant autre chose que de regarder cette brute, mon fils! mon fils! en tâchant de découvrir s'il avait quelque chose de moi. A force de chercher je crus reconnaître des lignes semblables dans le front et à la naissance du nez, et je fus bientôt convaincu d'une ressemblance que dissimulaient l'habillement différent et la crinière hideuse de l'homme.

Mais je ne pouvais demeurer plus longtemps sans devenir suspect, et je partis, le cœur broyé, après avoir laissé à l'aubergiste quelque argent pour adoucir l'existence de son valet.

Or, depuis six ans, je vis avec cette pensée, cette horrible incertitude, ce doute abominable. Et, chaque année, une force invincible me ramène à Pont-Labbé. Chaque année je me condamne à ce supplice de voir cette brute patauger dans son fumier, de m'imaginer qu'il me ressemble, de chercher, toujours en vain, à lui être secourable. Et chaque année je reviens ici, plus indécis, plus torturé, plus anxieux.

J'ai essayé de le faire instruire. Il est idiot, sans ressource.

J'ai essayé de lui rendre la vie moins pénible. Il est irrémédiablement ivrogne et emploie à boire tout l'argent qu'on lui donne; et il sait fort bien vendre ses habits neufs pour se procurer de l'eau-de-vie.

J'ai essayé d'apitoyer sur lui son patron pour qu'il le ménageât, en offrant toujours de l'argent. L'aubergiste, étonné à la fin, m'a répondu fort sagement: «Tout ce que vous ferez pour lui, monsieur, ne servira qu'à le perdre. Il faut le tenir comme un prisonnier. Sitôt qu'il a du temps ou du bien-être, il devient malfaisant. Si vous voulez faire du bien, ça ne manque pas, allez, les enfants abandonnés, mais choisissez-en un qui réponde à votre peine.»

Que dire à cela?

Et si je laissais percer un soupçon des doutes qui me torturent, ce crétin, certes, deviendrait malin pour m'exploiter, me compromettre, me perdre. Il me crierait «papa» comme dans mon rêve.

Et je me dis que j'ai tué la mère et perdu cet être atrophié, larve d'écurie, éclose et poussée dans le fumier, cet homme qui, élevé comme d'autres, aurait été pareil aux autres.

Et vous ne vous figurez pas la sensation étrange, confuse et intolérable que j'éprouve en face de lui, en songeant que cela est sorti de moi, qu'il tient à moi par ce lien intime qui lie le fils au père, que grâce aux terribles lois de l'hérédité, il est moi par mille choses, par son sang et par sa chair, et qu'il a jusqu'aux mêmes germes de maladies, aux mêmes ferments de passions.

Et j'ai sans cesse un inapaisable et douloureux besoin de le voir; et sa vue me fait horriblement souffrir; et de ma fenêtre, là-bas, je le regarde pendant des heures remuer et charrier les ordures des bêtes, en me répétant: «C'est mon fils.»

Et je sens, parfois, d'intolérables envies de l'embrasser. Je n'ai même jamais touché sa main sordide.

L'académicien se tut. Et son compagnon, l'homme politique, murmura: «Oui, vraiment, nous devrions bien nous occuper un peu plus des enfants qui n'ont pas de père.»

Et un souffle de vent traversant, le grand arbre jaune secoua ses grappes, enveloppa d'une nuée odorante et fine les deux vieillards qui la respirèrent à longs traits.

Et le sénateur ajouta: «C'est bon vraiment d'avoir vingt-cinq ans, et même de faire des enfants comme ça.»

CORRESPONDANCE

Mme DE X... À Mme DE Z...

Étretat, vendredi.

Ma chère tante,

Je viens vers vous tout doucement. Je serai aux Fresnes le 2 septembre, veille de l'ouverture de la chasse que je tiens à ne pas manquer, pour taquiner ces messieurs. Vous êtes trop bonne, ma tante, et vous leur permettez ce jour-là, quand vous êtes seule avec eux, de dîner sans habit et sans s'être rasés en rentrant, sous prétexte de fatigue.

Aussi sont-ils enchantés quand je ne suis pas là. Mais j'y serai, et je passerai la revue, comme un général, à l'heure du dîner; et si j'en trouve un seul un peu négligé, rien qu'un peu, je l'enverrai à la cuisine, avec les bonnes.

Les hommes d'aujourd'hui ont si peu d'égards et de savoir-vivre qu'il faut se montrer toujours sévère. C'est vraiment le règne de la goujaterie. Quand ils se querellent entre eux, ils se provoquent avec des injures de portefaix, et, devant nous, ils se tiennent beaucoup moins bien que nos domestiques. C'est aux bains de mer qu'il faut voir cela. Ils s'y trouvent en bataillons serrés et on peut les juger en masse. Oh! les êtres grossiers qu'ils sont!

Figurez-vous qu'en chemin de fer, un d'eux, un monsieur qui semblait bien, au premier abord, grâce à son tailleur, a retiré délicatement ses bottes pour les remplacer par des savates. Un autre, un vieux qui doit être un riche parvenu (ce sont les plus mal élevés), assis en face de moi, a posé délicatement ses deux pieds sur la banquette, à mon côté. C'est admis.

Dans les villes d'eaux, c'est un déchaînement de grossièreté. Je dois ajouter une chose: ma révolte tient peut-être à ce que je ne suis point habituée à fréquenter communément les gens qu'on coudoie ici, car leur genre me choquerait moins si je l'observais plus souvent.

Dans le bureau de l'hôtel, je fus presque renversée par un jeune homme qui prenait sa clef par-dessus ma tête. Un autre me heurta si fort, sans dire «pardon», ni se découvrir, en sortant d'un bal au Casino, que j'en eus mal dans la poitrine. Voilà comme ils sont tous. Regardons-les aborder les femmes sur la terrasse, c'est à peine s'ils saluent, ils portent simplement la main à leur couvre-chef. Du reste, comme ils sont tous chauves, cela vaut mieux.

Mais il est une chose qui m'exaspère et me choque par-dessus tout, c'est la liberté qu'ils prennent de parler en public, sans aucune espèce de précaution, des aventures les plus révoltantes. Quand deux hommes sont ensemble, ils se racontent, avec les mots les plus crus et les réflexions les plus abominables, des histoires vraiment horribles, sans s'inquiéter le moins du monde si quelque oreille de femme est à portée de leur voix. Hier, sur la plage, je fus contrainte de changer de place pour ne pas être plus longtemps la confidente involontaire d'une anecdote graveleuse, dite en termes si violents que je me sentais humiliée autant qu'indignée d'avoir pu entendre cela. Le plus élémentaire savoir-vivre ne devrait-il pas leur apprendre à parler bas de ces choses de notre voisinage?

Étretat est, en outre, le pays des cancans et, partant, la patrie des commères. De cinq à sept heures on les voit errer en quête de médisances qu'elles transportent de groupe en groupe. Comme vous me le disiez, ma chère tante, le potin est un signe de race des petites gens et des petits esprits. Il est aussi la consolation des femmes qui ne sont plus aimées ni courtisées. Il me suffit de regarder celles qu'on désigne comme les plus cancanières pour être persuadée que vous ne vous trompez pas.

L'autre jour j'assistai à une soirée musicale au Casino, donnée par une remarquable artiste, Mme Masson, qui chante vraiment à ravir. J'eus l'occasion d'applaudir encore l'admirable Coquelin, ainsi que deux charmants pensionnaires du Vaudeville, M... et Meillet. Je pus, en cette circonstance, voir tous les baigneurs réunis cette année sur cette plage. Il n'en est pas beaucoup de marque.

Le lendemain, j'allai déjeuner à Yport. J'aperçus un homme barbu qui sortait d'une grande maison en forme de citadelle. C'était le peintre Jean-Paul Laurens. Il ne lui suffit pas, paraît-il d'emmurer ses personnages, il tient à s'emmurer lui-même.

Puis je me trouvai assise sur le galet à côté d'un homme encore jeune, d'aspect doux et fin, d'allure calme, qui lisait des vers. Mais il les lisait avec une telle attention, une telle passion, dirai-je, qu'il ne leva pas une seule fois les yeux sur moi. Je fus un peu choquée; et je demandai au maître baigneur, sans paraître y prendre garde, le nom de ce monsieur. En moi je riais un peu de ce liseur de rimes; il me semblait attardé, pour un homme. C'est là, pensai-je, un naïf. Eh bien, ma tante, à présent, je raffole de mon inconnu. Figure-toi qu'il s'appelle Sully Prudhomme. Je retournai m'asseoir auprès de lui pour le considérer tout à mon aise. Sa figure a surtout un grand caractère de tranquillité et de finesse. Quelqu'un étant venu le trouver, j'entendis sa voix qui est douce, presque timide. Celui-là, certes, ne doit pas crier de grossièretés en public, ni heurter des femmes sans s'excuser. Il doit être un délicat, mais un délicat presque maladif, un vibrant. Je tâcherai, cet hiver, qu'il me soit présenté.

Je ne sais plus rien, ma chère tante, et je vous quitte en hâte, l'heure de la poste me pressant. Je baise vos mains et vos joues.

Votre nièce dévouée,

BERTHE DE X...

P.-S.—Je dois cependant ajouter, pour la justification de la politesse française, que nos compatriotes sont en voyage des modèles de savoir-vivre en comparaison des abominables Anglais qui semblent avoir été élevés par des valets d'écurie, tant ils prennent soin de ne se gêner en rien et de toujours gêner leurs voisins.

*

* *

MADAME DE Z... A MADAME DE X...

Les Fresnes, samedi.

Ma chère petite, tu me dis beaucoup de choses pleines de raison, ce qui n'empêche que tu as tort. Je fus, comme toi, très indignée autrefois de l'impolitesse des hommes que j'estimais me manquer sans cesse; mais en vieillissant et en songeant à tout, et en observant sans y mêler du mien, je me suis aperçue de ceci: que si les hommes ne sont pas toujours polis, les femmes, par contre, sont toujours d'une inqualifiable grossièreté.

Nous nous croyons tout permis, ma chérie, et estimons en même temps que tout nous est dû, et nous commettons à cœur joie des actes dépourvus de ce savoir-vivre élémentaire dont tu parles avec passion.

Je trouve maintenant, au contraire, que les hommes ont pour nous beaucoup d'égards, relativement à nos allures envers eux. Du reste, mignonne, les hommes doivent être, et sont, ce que nous les faisons. Dans une société où les femmes seraient toutes de vraies grandes dames, tous les hommes deviendraient des gentilshommes.

Voyons, observe et réfléchis.

Vois deux femmes qui se rencontrent dans la rue; quelle attitude! quels regards de dénigrement, quels mépris dans le coup d'œil! Quel coup de tête de haut en bas pour toiser et condamner! Et si le trottoir est étroit, crois-tu que l'une cédera le pas, demandera pardon? Jamais! Quand deux hommes se heurtent en une ruelle insuffisante, tous deux saluent et s'effacent en même temps;

tandis que, nous autres, nous nous précipitons ventre à ventre, nez à nez, en nous dévisageant avec insolence.

Vois deux femmes se connaissant qui se rencontrent dans un escalier devant la porte d'une amie que l'une vient de voir et que l'autre va visiter. Elles se mettent à causer en obstruant toute la largeur du passage. Si quelqu'un monte derrière elles, homme ou femme, crois-tu qu'elles se dérangeront d'un demi-pied? Jamais! jamais!

J'attendis, l'hiver dernier, vingt-deux minutes, montre en main, à la porte d'un salon. Et derrière moi deux messieurs attendaient aussi sans paraître prêts à devenir enragés, comme moi. C'est qu'ils étaient habitués depuis longtemps à nos inconscientes insolences.

L'autre jour, avant de quitter Paris, j'allai dîner, avec ton mari justement, dans un restaurant des Champs-Élysées pour prendre le frais. Toutes les tables étaient occupées. Le garçon nous pria d'attendre.

J'aperçus alors une vieille dame de noble tournure qui venait de payer sa carte et qui semblait prête à partir. Elle me vit, me toisa et ne bougea point. Pendant plus d'un quart d'heure elle resta là, immobile, mettant ses gants, parcourant du regard toutes les tables, considérant avec quiétude ceux qui attendaient comme moi. Or, deux jeunes gens qui achevaient leur repas m'ayant vue à leur tour, appelèrent en hâte le garçon pour régler leur note et m'offrirent leur place tout de suite, s'obstinant même à attendre debout leur monnaie. Et songe, ma belle, que je ne suis plus jolie, comme toi, mais vieille et blanche.

C'est à nous, vois-tu, qu'il faudrait enseigner la politesse; et la besogne serait si rude qu'Hercule n'y suffirait pas.

Tu me parles d'Étretat et des gens qui potinent sur cette gentille plage. C'est un pays fini, perdu pour moi, mais dans lequel je me suis autrefois bien amusée.

Nous étions là quelques-uns seulement, des gens du monde, du vrai monde, et des artistes, fraternisant. On ne cancanait pas, alors.

Or, comme nous n'avions point l'insipide Casino où l'on pose, où l'on chuchote, où l'on danse bêtement, où l'on s'ennuie à profusion, nous cherchions de quelle manière passer gaiement nos soirées. Or, devine ce qu'imagina l'un de nos maris? Ce fut d'aller danser, chaque nuit, dans l'une des fermes des environs.

On partait en bande avec un orgue de Barbarie dont jouait d'ordinaire le peintre Le Poittevin, coiffé d'un bonnet de coton. Deux hommes portaient des lanternes. Nous suivions en procession, riant et bavardant comme des folles.

On réveillait le fermier, les servantes, les valets. On se faisait même faire de la soupe à l'oignon, (horreur!) et l'on dansait sous les pommiers, au son de la boîte à musique. Les coqs réveillés chantaient dans la profondeur des bâtiments; les chevaux s'agitaient dans la litière des écuries. Le vent frais de la campagne nous caressait les joues, plein d'odeurs d'herbes et de moissons coupées.

Que c'est loin! que c'est loin! voilà trente ans de cela!

Je ne veux pas, ma chérie, que tu viennes pour l'ouverture de la chasse. Pourquoi gâter la joie de nos amis, en leur imposant des toilettes mondaines en ce jour de plaisir campagnard et violent? C'est ainsi qu'on gâte les hommes, petite.

Je t'embrasse.

Ta vieille tante,

GENEVIÈVE DE Z...

LUI?

A Pierre Decourcelle.

Mon cher ami, tu n'y comprends rien? et je le conçois. Tu me crois devenu fou? Je le suis peut-être un peu, mais non pas pour les raisons que tu supposes.

Oui. Je me marie. Voilà.

Et pourtant mes idées et mes convictions n'ont pas changé. Je considère l'accouplement légal comme une bêtise. Je suis certain que huit maris sur dix sont cocus. Et ils ne méritent pas moins pour avoir eu l'imbécillité d'enchaîner leur vie, de renoncer à l'amour libre, la seule chose gaie et bonne au monde, de couper l'aile à la fantaisie qui nous pousse sans cesse à toutes les femmes, etc., etc. Plus que jamais je me sens incapable d'aimer une femme parce que j'aimerai toujours trop toutes les autres. Je voudrais avoir mille bras, mille lèvres et mille... tempéraments pour pouvoir étreindre en même temps une armée de ces êtres charmants et sans importance.

Et cependant je me marie.

J'ajoute que je ne connais guère ma femme de demain. Je l'ai vue seulement quatre ou cinq fois. Je sais qu'elle ne me déplaît point; cela me suffit pour ce que j'en veux faire. Elle est petite, blonde et grasse. Après-demain, je désirerai ardemment une femme grande, brune et mince.

Elle n'est pas riche. Elle appartient à une famille moyenne. C'est une jeune fille comme on en trouve à la grosse, bonnes à marier, sans qualités et sans défauts apparents, dans la bourgeoisie ordinaire. On dit d'elle: «Mlle Lajolle est bien gentille.» On dira demain: «Elle est fort gentille, Mme Raymon». Elle appartient enfin à la légion des jeunes filles honnêtes «dont on est heureux de faire sa femme» jusqu'au jour où on découvre qu'on préfère justement toutes les autres femmes à celle qu'on a choisie.

Alors pourquoi me marier, diras-tu?

J'ose à peine t'avouer l'étrange et invraisemblable raison qui me pousse à cet acte insensé.

Je me marie pour n'être pas seul!

Je ne sais comment dire cela, comment me faire comprendre. Tu as pitié de moi, et tu me mépriseras, tant mon état d'esprit est misérable.

Je ne veux plus être seul, la nuit. Je veux sentir un être près de moi, contre moi, un être qui peut parler, dire quelque chose, n'importe quoi.

Je veux pouvoir briser son sommeil; lui poser une question quelconque brusquement, une question stupide pour entendre une voix, pour sentir habitée ma demeure, pour sentir une âme en éveil, un raisonnement en travail, pour voir, allumant brusquement ma bougie, une figure humaine à mon côté... parce que... (je n'ose pas avouer cette honte)... parce que j'ai peur, tout seul.

Oh! tu ne me comprends pas encore.

Je n'ai pas peur d'un danger. Un homme entrerait, je le tuerais sans frissonner. Je n'ai pas peur des morts; je crois à l'anéantissement définitif de chaque être qui disparaît!

Alors!... oui. Alors!... Eh bien! j'ai peur de moi! j'ai peur de la peur; peur des spasmes de mon esprit qui s'affole, peur de cette horrible sensation de la terreur incompréhensible.

Ris si tu veux. Cela est affreux, inguérissable. J'ai peur des murs, des meubles, des objets familiers qui s'animent, pour moi, d'une sorte de vie animale. J'ai peur surtout du trouble horrible de ma pensée, de ma raison qui m'échappe brouillée, dispersée par une mystérieuse et invisible angoisse.

Je sens d'abord une vague inquiétude qui me passe dans l'âme et me fait courir un frisson sur la peau. Je regarde autour de moi. Rien! Et je voudrais quelque chose! Quoi? Quelque chose de compréhensible. Puisque j'ai peur uniquement parce que je ne comprends pas ma peur.

Je parle! j'ai peur de ma voix. Je marche! j'ai peur de l'inconnu de derrière la porte, de derrière le rideau, de dans l'armoire, de sous le lit. Et pourtant je sais qu'il n'y a rien nulle part.

Je me retourne brusquement parce que j'ai peur de ce qui est derrière moi, bien qu'il n'y ait rien et que je le sache.

Je m'agite, je sens mon effarement grandir; et je m'enferme dans ma chambre; et je m'enfonce dans mon lit, et je me cache sous mes draps; et blotti, roulé comme une boule, je ferme les yeux désespérément, et je demeure ainsi pendant un temps infini avec cette pensée que ma bougie demeure allumée sur ma table de nuit et qu'il faudrait pourtant l'éteindre. Et je n'ose pas.

N'est-ce pas affreux d'être ainsi!

Autrefois je n'éprouvais rien de cela. Je rentrais tranquillement. J'allais et je venais en mon logis sans que rien troublât la sérénité de mon âme. Si l'on m'avait dit quelle maladie de peur invraisemblable, stupide et terrible, devait me saisir un jour, j'aurais bien ri; j'ouvrais les portes dans l'ombre avec assurance; je me couchais lentement, sans pousser les verrous, et je ne me relevais jamais au milieu des nuits pour m'assurer que toutes les issues de ma chambre étaient fortement closes.

Cela a commencé l'an dernier d'une singulière façon.

C'était en automne, par un soir humide. Quand ma bonne fut partie, après mon dîner, je me demandai ce que j'allais faire. Je marchai quelque temps à travers ma chambre. Je me sentais las, accablé sans raison, incapable de travailler, sans force même pour lire. Une pluie fine mouillait les vitres; j'étais triste, tout pénétré par une de ces tristesses sans causes qui vous donnent envie de pleurer, qui vous font désirer de parler à n'importe qui pour secouer la lourdeur de notre pensée.

Je me sentais seul. Mon logis me paraissait vide comme il n'avait jamais été. Une solitude infinie et navrante m'entourait. Que faire? Je m'assis. Alors une impatience nerveuse me courut dans les jambes. Je me relevai, et je me remis à marcher. J'avais peut-être aussi un peu de fièvre, car mes mains, que je tenais rejointes derrière mon dos, comme on fait souvent quand on se promène avec lenteur, se brûlaient l'une à l'autre, et je le remarquai. Puis soudain un frisson de froid me courut dans le dos. Je pensai que l'humidité du dehors entrait chez moi, et l'idée de faire du feu me vint. J'en allumai; c'était la première fois de l'année. Et je m'assis de nouveau en regardant la flamme. Mais bientôt l'impossibilité de rester en place me fit encore me relever, et je sentis qu'il fallait m'en aller, me secouer, trouver un ami.

Je sortis. J'allai chez trois camarades que je ne rencontrai pas; puis, je gagnai le boulevard, décidé à découvrir une personne de connaissance.

Il faisait triste partout. Les trottoirs trempés luisaient. Une tiédeur d'eau, une de ces tiédeurs qui vous glacent par frissons brusques, une tiédeur pesante de pluie impalpable accablait la rue, semblait lasser et obscurcir la flamme du gaz.

J'allais d'un pas mou, me répétant: «Je ne trouverai personne avec qui causer.»

J'inspectai plusieurs fois les cafés, depuis la Madeleine jusqu'au faubourg Poissonnière. Des gens tristes, assis devant des tables, semblaient n'avoir pas même la force de finir leurs consommations.

J'errai longtemps ainsi, et vers minuit, je me mis en route pour rentrer chez moi. J'étais fort calme, mais fort las. Mon concierge, qui se couche avant onze heures, m'ouvrit tout de suite, contrairement à son habitude; et je pensai: «Tiens, un autre locataire vient sans doute de remonter.»

Quand je sors de chez moi, je donne toujours à ma porte deux tours de clef. Je la trouvai simplement tirée, et cela me frappa. Je supposai qu'on m'avait monté des lettres dans la soirée.

J'entrai. Mon feu brûlait encore et éclairait même un peu l'appartement. Je pris une bougie pour aller l'allumer au foyer, lorsqu'en jetant les yeux devant moi, j'aperçus quelqu'un assis dans mon fauteuil, et qui se chauffait les pieds en me tournant le dos.

Je n'eus pas peur, oh! non, pas le moins du monde. Une supposition très vraisemblable me traversa l'esprit; celle qu'un de mes amis était venu pour me voir. La concierge, prévenue par moi à ma sortie, avait dit que j'allais rentrer, avait prêté sa clef. Et toutes les circonstances de mon retour, en une seconde, me revinrent à la pensée: le cordon tiré tout de suite, ma porte seulement poussée.

Mon ami, dont je ne voyais que les cheveux, s'était endormi devant mon feu en m'attendant, et je m'avançai pour le réveiller. Je le voyais parfaitement, un de ses bras pendant à droite; ses pieds étaient croisés l'un sur l'autre; sa tête, penchée un peu sur le côté gauche du fauteuil, indiquait bien le sommeil. Je me demandais: Qui est-ce? On y voyait peu d'ailleurs dans la pièce. J'avançai la main pour lui toucher l'épaule!...

Je rencontrai le bois du siège! Il n'y avait plus personne. Le fauteuil était vide!

Quel sursaut, miséricorde!

Je reculai d'abord comme si un danger terrible eût apparu devant moi.

Puis je me retournai, sentant quelqu'un derrière mon dos; puis, aussitôt, un impérieux besoin de revoir le fauteuil me fit pivoter encore une fois. Et je demeurai debout, haletant d'épouvante, tellement éperdu que je n'avais plus une pensée, prêt à tomber.

Mais je suis un homme de sang-froid, et tout de suite la raison me revint. Je songeai: «Je viens d'avoir une hallucination, voilà tout.» Et je réfléchis immédiatement sur ce phénomène. La pensée va vite dans ces moments-là.

J'avais eu une hallucination—c'était là un fait incontestable. Or, mon esprit était demeuré tout le temps lucide, fonctionnant régulièrement et logiquement. Il n'y avait donc aucun trouble du côté du cerveau. Les yeux seuls s'étaient trompés, avaient trompé ma pensée. Les yeux avaient eu une vision, une de ces visions qui font croire aux miracles les gens naïfs. C'était là un accident nerveux de l'appareil optique, rien de plus, un peu de congestion peut-être.

Et j'allumai ma bougie. Je m'aperçus, en me baissant vers le feu, que je tremblais, et je me relevai d'une secousse, comme si on m'eût touché par derrière.

Je n'étais point tranquille assurément.

Je fis quelques pas; je parlai haut. Je chantai à mi-voix quelques refrains.

Puis je fermai la porte de ma chambre à double tour, et je me sentis un peu rassuré. Personne ne pouvait entrer, au moins.

Je m'assis encore et je réfléchis longtemps à mon aventure; puis je me couchai, et je soufflai ma lumière.

Pendant quelques minutes, tout alla bien. Je restais sur le dos, assez paisiblement. Puis le besoin me vint de regarder dans ma chambre; et je me mis sur le côté.

Mon feu n'avait plus que deux ou trois tisons rouges qui éclairaient juste les pieds du fauteuil; et je crus revoir l'homme assis dessus.

J'enflammai une allumette d'un mouvement rapide. Je m'étais trompé, je ne voyais plus rien.

Je me levai, cependant, et j'allai cacher le fauteuil derrière mon lit.

Puis je refis l'obscurité et tâchai de m'endormir. Je n'avais pas perdu connaissance depuis plus de cinq minutes, quand j'aperçus en songe, et nettement comme dans la réalité, toute la scène de la soirée. Je me réveillai éperdûment, et, ayant éclairé mon logis, je demeurai assis dans mon lit, sans oser même essayer de redormir.

Deux fois cependant le sommeil m'envahit, malgré moi, pendant quelques secondes. Deux fois je revis la chose. Je me croyais devenu fou.

Quand le jour parut, je me sentis guéri et je sommeillai paisiblement jusqu'à midi.

C'était fini, bien fini. J'avais eu la fièvre, le cauchemar, que sais-je? J'avais été malade, enfin. Je me trouvai néanmoins fort bête.

Je fus très gai ce jour-là. Je dînai au cabaret; j'allai voir le spectacle, puis je me mis en chemin pour rentrer. Mais voilà qu'en approchant de ma maison une inquiétude étrange me saisit. J'avais peur de le revoir, lui. Non pas peur de lui, non pas peur de sa présence, à laquelle je ne croyais point, mais j'avais peur d'un trouble nouveau de mes yeux, peur de l'hallucination, peur de l'épouvante qui me saisirait.

Pendant plus d'une heure, j'errai de long en large sur le trottoir; puis je me trouvai trop imbécile à la fin et j'entrai. Je haletais tellement que je ne pouvais plus monter mon escalier. Je resta encore plus de dix minutes devant mon logement sur le palier, puis, brusquement, j'eus un élan de courage, un roidissement de volonté. J'enfonçai ma clef; je me précipitai en avant une bougie à la main, je poussai d'un coup de pied la porte entrebâillée de ma chambre et je jetai un regard effaré vers la cheminée. Je ne vis rien.—Ah!...

Quel soulagement! Quelle joie! Quelle délivrance! J'allais et je venais d'un air gaillard. Mais je ne me sentais pas rassuré; je me retournais par sursauts; l'ombre des coins m'inquiétait.

Je dormis mal, réveillé sans cesse par des bruits imaginaires. Mais je ne le vis pas. Non. C'était fini!

Depuis ce jour-là j'ai peur tout seul, la nuit. Je la sens là, près de moi, autour de moi, la vision. Elle ne m'est point apparue de nouveau. Oh non! Et qu'importe, d'ailleurs, puisque je n'y crois pas, puisque je sais que ce n'est rien!

Elle me gêne cependant parce que j'y pense sans cesse.—Une main pendait du côté droit, sa tête était penchée du côté gauche comme celle d'un homme qui dort... Allons, assez, nom de Dieu! je n'y veux plus songer!

Qu'est-ce que cette obsession, pourtant? Pourquoi cette persistance? Ses pieds étaient tout près du feu!

Il me hante, c'est fou, mais c'est ainsi. Qui, Il? Je sais bien qu'il n'existe pas, que ce n'est rien! Il n'existe que dans mon appréhension, que dans ma crainte, que dans mon angoisse! Allons, assez!...

Oui, mais j'ai beau me raisonner, me roidir, je ne peux plus rester seul chez moi, parce qu'il y est. Je ne le verrai plus, je le sais, il ne se montrera plus, c'est fini cela. Mais il y est tout de même, dans ma pensée. Il demeure invisible, cela n'empêche qu'il y soit. Il est derrière les portes, dans l'armoire fermée, sous le lit, dans tous les coins obscurs, dans toutes les ombres. Si je tourne la porte, si j'ouvre l'armoire, si je baisse ma lumière sous le lit, si j'éclaire les coins, les ombres, il n'y est plus; mais alors je le sens derrière moi. Je me retourne, certain cependant que je ne le verrai pas, que je ne le verrai plus. Il n'en est pas moins derrière moi, encore.

C'est stupide, mais c'est atroce. Que veux-tu? Je n'y peux rien.

Mais si nous étions deux chez moi, je sens, oui, je sens assurément qu'il n'y serait plus! Car il est là parce que je suis seul, uniquement parce que je suis seul!

TOMBOUCTOU

Le boulevard, ce fleuve de vie, grouillait dans la poudre d'or du soleil couchant. Tout le ciel était rouge, aveuglant; et, derrière la Madeleine, une immense nuée flamboyante jetait dans toute la longue avenue une oblique averse de feu, vibrante comme une vapeur de brasier.

La foule gaie, palpitante, allait sous cette brume enflammée et semblait dans une apothéose. Les visages étaient dorés; les chapeaux noirs et les habits avaient des reflets de pourpre; le vernis des chaussures jetait des flammes sur l'asphalte des trottoirs.

Devant les cafés, un peuple d'hommes buvait des boissons brillantes et colorées qu'on aurait prises pour des pierres précieuses fondues dans le cristal.

Au milieu des consommateurs aux légers vêtements plus foncés, deux officiers en grande tenue faisaient baisser tous les yeux par l'éblouissement de leurs dorures. Ils causaient, joyeux sans motif, dans cette gloire de vie, dans ce rayonnement radieux du soir; et ils regardaient la foule, les hommes lents et les femmes pressées qui laissaient derrière elles une odeur savoureuse et troublante.

Tout à coup un nègre énorme, vêtu de noir, ventru, chamarré de breloques sur un gilet de coutil, la face luisante comme si elle eût été cirée, passa devant eux, avec un air de triomphe. Il riait aux vendeurs de journaux, il riait au ciel éclatant, il riait à Paris entier. Il était si grand qu'il dépassait toutes les têtes; et, derrière lui, tous les badauds se retournaient pour le contempler de dos.

Mais soudain il aperçut les officiers, et, culbutant les buveurs, il s'élança. Dès qu'il fut devant leur table, il planta sur eux ses yeux luisants et ravis, et les coins de sa bouche lui montèrent jusqu'aux oreilles, découvrant ses dents blanches, claires comme un croissant de lune dans un ciel noir. Les deux hommes, stupéfaits, contemplaient ce géant d'ébène, sans rien comprendre à sa gaieté.

Et il s'écria, d'une voix qui fit rire toutes les tables:

—Bonjou, mon lieutenant.

Un des officiers était chef de bataillon, l'autre colonel. Le premier dit:

—Je ne vous connais pas, monsieur; j'ignore ce que vous me voulez.

Le nègre reprit:

—Moi aimé beaucoup toi, lieutenant Védié, siège Bézi, beaucoup raisin, cherché moi.

L'officier, tout à fait éperdu, regardait fixement l'homme, cherchant au fond de ses souvenirs; mais brusquement il s'écria:

—Tombouctou?

Le nègre, radieux, tapa sur sa cuisse en poussant un rire d'une invraisemblable violence et beuglant:

—Si, si, ya, mon lieutenant, reconné Tombouctou, ya, bonjou.

Le commandant lui tendit la main en riant lui-même de tout son cœur. Alors Tombouctou redevint grave. Il saisit la main de l'officier, et, si vite que l'autre ne put l'empêcher, il la baisa, selon la coutume nègre et arabe. Confus, le militaire lui dit d'une voix sévère:

—Allons, Tombouctou, nous ne sommes pas en Afrique. Assieds-toi là et dis-moi comment je te trouve ici.

Tombouctou tendit son ventre, et, bredouillant, tant il parlait vite:

—Gagné beaucoup d'agent, beaucoup, grand'estaurant, bon mangé, Prussiens, moi, beaucoup volé, beaucoup, cuisine française, Tombouctou, cuisinié de l'Empéeu, deux cent mille francs à moi. Ah! ah! ah! ah!

Et il riait, tordu, hurlant avec une folie de joie dans le regard.

Quand l'officier, qui comprenait son étrange langage, l'eut interrogé quelque temps, il lui dit:

—Eh bien, au revoir, Tombouctou; à bientôt.

Le nègre aussitôt se leva, serra, cette fois, la main qu'on lui tendait, et, riant toujours, cria:

—Bonjou, bonjou, mon lieutenant!

Il s'en alla, si content, qu'il gesticulait en marchant, et qu'on le prenait pour un fou.

Le colonel demanda:

—Qu'est-ce que cette brute?

—Un brave garçon et un brave soldat: Je vais vous dire ce que je sais de lui; c'est assez drôle.

*

* *

Vous savez qu'au commencement de la guerre de 1870 je fus enfermé dans Bézières, que ce nègre appelle Bézi. Nous n'étions point assiégés, mais bloqués. Les lignes prussiennes nous entouraient de partout, hors de portée des canons, ne tirant pas non plus sur nous, mais nous affamant peu à peu.

J'étais alors lieutenant. Notre garnison se trouvait composée de troupes de toute nature, débris de régiments écharpés, fuyards, maraudeurs séparés des corps d'armée. Nous avions de tout enfin, même onze turcos arrivés un soir on ne sait comment, on ne sait par où. Ils s'étaient présentés aux portes de la ville, harassés, déguenillés, affamés et saouls. On me les donna.

Je reconnus bientôt qu'ils étaient rebelles à toute discipline, toujours dehors et toujours gris. J'essayai de la salle de police, même de la prison, rien n'y fit. Mes hommes disparaissaient des jours entiers, comme s'ils se fussent enfoncés sous terre, puis reparaissaient ivres à tomber. Ils n'avaient pas d'argent. Où buvaient-ils? Et comment, et avec quoi?

Cela commençait à m'intriguer vivement, d'autant plus que ces sauvages m'intéressaient avec leur rire éternel et leur caractère de grands enfants espiègles.

Je m'aperçus alors qu'ils obéissaient aveuglément au plus grand d'eux tous, celui que vous venez de voir. Il les gouvernait à son gré, préparait leurs mystérieuses entreprises en chef tout-puissant et incontesté. Je le fis venir chez moi et je l'interrogeai. Notre conversation dura bien trois heures, tant j'avais de peine à pénétrer son surprenant charabia. Quant à lui, le pauvre diable, il faisait des efforts inouïs pour être compris, inventait des mots, gesticulait, suait de peine, s'essuyait le front, soufflait, s'arrêtait et repartait brusquement quand il croyait avoir trouvé un nouveau moyen de s'expliquer.

Je devinai enfin qu'il était fils d'un grand chef, d'une sorte de roi nègre des environs de Tombouctou. Je lui demandai son nom. Il répondit quelque chose comme Chavaharibouhalikhranafotapolara. Il me parut plus simple de lui donner le nom de son pays: «Tombouctou». Et, huit jours plus tard, toute la garnison ne le nommait plus autrement.

Mais une envie folle nous tenait de savoir où cet ex-prince africain trouvait à boire. Je le découvris d'une singulière façon.

J'étais un matin sur les remparts, étudiant l'horizon, quand j'aperçus dans une vigne quelque chose qui remuait. On arrivait au temps des vendanges, les raisins étaient mûrs, mais je ne songeais guère à cela. Je pensai qu'un espion s'approchait de la ville, et j'organisai une expédition complète pour saisir le rôdeur. Je pris moi-même le commandement, après avoir obtenu l'autorisation du général.

J'avais fait sortir, par trois portes différentes, trois petites troupes qui devaient se rejoindre auprès de la vigne suspecte et la cerner. Pour couper la retraite à l'espion, un de ces détachements avait à faire une marche d'une heure au moins. Un homme resté en observation sur les murs m'indiqua par signe que l'être aperçu n'avait point quitté le champ. Nous allions en grand silence, rampant, presque couchés dans les ornières. Enfin, nous touchons au point désigné; je déploie brusquement mes soldats, qui s'élancent dans la vigne, et trouvent... Tombouctou voyageant à quatre pattes au milieu des ceps et mangeant du raisin, ou plutôt happant du raisin comme un chien qui mange sa soupe, à pleine bouche, à la plante même, en arrachant la grappe d'un coup de dent.

Je voulus le faire relever; il n'y fallait pas songer, et je compris alors pourquoi il se traînait ainsi sur les mains et sur les genoux. Dès qu'on l'eût planté sur ses jambes, il oscilla quelques secondes, tendit les bras et s'abattit sur le nez. Il était gris comme je n'ai jamais vu un homme être gris.

On le rapporta sur deux échalas. Il ne cessa de rire tout le long de la route en gesticulant des bras et des jambes.

C'était là tout le mystère. Mes gaillards buvaient au raisin lui-même. Puis, lorsqu'ils étaient saouls à ne plus bouger, ils dormaient sur place.

Quant à Tombouctou, son amour de la vigne passait toute croyance et toute mesure. Il vivait là-dedans à la façon des grives, qu'il haïssait d'ailleurs d'une haine de rival jaloux. Il répétait sans cesse:

—Les gives mangé tout le raisin, capules!

*

* *

Un soir on vint me chercher. On apercevait par la plaine quelque chose arrivant vers nous. Je n'avais point pris ma lunette, et je distinguais fort mal. On eût dit un grand serpent qui se déroulait, un convoi, que sais-je?

J'envoyai quelques hommes au-devant de cette étrange caravane qui fit bientôt son entrée triomphale. Tombouctou et neuf de ses compagnons portaient sur une sorte d'autel, fait avec des chaises de campagne, huit têtes coupées, sanglantes et grimaçantes. Le dixième turco traînait un cheval à la queue duquel un autre était attaché et six autres bêtes suivaient encore, retenues de la même façon.

Voici ce que j'appris. Étant partis aux vignes, mes Africains avaient aperçu tout à coup un détachement prussien s'approchant d'un village. Au lieu de fuir, ils s'étaient cachés; puis, lorsque les officiers eurent mis pied à terre devant une auberge pour se rafraîchir, les onze gaillards s'élancèrent, mirent en fuite les uhlans qui se crurent attaqués, tuèrent les deux sentinelles, plus le colonel et les cinq officiers de son escorte.

Ce jour-là, j'embrassai Tombouctou. Mais je m'aperçus qu'il marchait, avec peine. Je le crus blessé; il se mit à rire et me dit:

—Moi, povisions pou pays.

C'est que Tombouctou ne faisait point la guerre pour l'honneur, mais bien pour le gain. Tout ce qu'il trouvait, tout ce qui lui paraissait avoir une valeur quelconque, tout ce qui brillait surtout, il le plongeait dans sa poche! Quelle poche! un gouffre qui commençait à la hanche et finissait aux chevilles. Ayant retenu un terme de troupier, il l'appelait sa «profonde», et c'était sa profonde, en effet!

Donc il avait détaché l'or des uniformes-prussiens, le cuivre des casques, les boutons, etc., et jeté le tout dans sa «profonde» qui était pleine à déborder.

Chaque jour, il précipitait là-dedans tout objet luisant qui lui tombait sous les yeux, morceaux d'étain ou pièces d'argent, ce qui lui donnait parfois une tournure infiniment drôle.

Il comptait remporter cela au pays des autruches, dont il semblait bien frère, ce fils de roi torturé par ce besoin d'engloutir les corps brillants. S'il n'avait pas eu sa profonde, qu'aurait-il fait? Il les aurait sans doute avalés.

Chaque matin sa poche était vide. Il avait donc un magasin général où s'entassaient ses richesses. Mais où? Je ne l'ai pu découvrir.

Le général, prévenu du haut fait de Tombouctou, fit bien vite enterrer les corps demeurés au village voisin, pour qu'on ne découvrît point qu'ils avaient été décapités. Les Prussiens y revinrent le lendemain. Le maire et sept habitants notables furent fusillés sur-le-champ, par représailles, comme ayant dénoncé la présence des Allemands.

*

* *

L'hiver était venu. Nous étions harassés et désespérés. On se battait maintenant tous les jours. Les hommes affamés ne marchaient plus. Seuls les huit turcos (trois avaient été tués) demeuraient gras et luisants, vigoureux et toujours prêts à se battre. Tombouctou engraissait même. Il me dit un jour:

—Toi beaucoup faim, moi bon viande.

Et il m'apporta en effet un excellent filet. Mais de quoi? Nous n'avions plus ni bœufs, ni moutons, ni chèvres, ni ânes, ni porcs. Il était impossible de se procurer du cheval, je réfléchis à tout cela après avoir dévoré ma viande. Alors une pensée horrible me vint. Ces nègres étaient nés bien près du pays où l'on mange des hommes! Et chaque jour tant de soldats tombaient autour de la ville! J'interrogeai Tombouctou. Il ne voulut pas répondre. Je n'insistai point, mais je refusai désormais ses présents.

Il m'adorait. Une nuit, la neige nous surprit aux avant-postes. Nous étions assis par terre. Je regardais avec pitié les pauvres nègres grelottant sous cette poussière blanche et glacée. Comme j'avais grand froid, je me mis à tousser. Je sentis aussitôt quelque chose s'abattre sur moi, comme une grande et chaude couverture. C'était le manteau de Tombouctou qu'il me jetait sur les épaules.

Je me levai et, lui rendant son vêtement:

—Garde ça, mon garçon; tu en as plus besoin que moi.

Il répondit:

—Non, mon lieutenant, pou toi, moi pas besoin, moi chaud, chaud.

Et il me contemplait avec des yeux suppliants.

Je repris:

—Allons, obéis, garde ton manteau, je le veux.

Le nègre alors se leva, tira son sabre qu'il savait rendre coupant comme une faulx, et tenant de l'autre main sa large capote que je refusais:

—Si toi pas gadé manteau moi coupé; pésonne manteau.

Il l'aurait fait. Je cédai.

*

* *

Huit jours plus tard, nous avions capitulé. Quelques-uns d'entre nous avaient pu s'enfuir. Les autres allaient sortir de la ville et se rendre aux vainqueurs.

Je me dirigeais vers la place d'Armes où nous devions nous réunir, quand je demeurai stupide d'étonnement devant un nègre géant vêtu de coutil blanc et coiffé d'un chapeau de paille. C'était Tombouctou. Il semblait radieux et se promenait, les mains dans ses poches, devant une petite boutique où l'on voyait en montre deux assiettes et deux verres.

Je lui dis:

—Qu'est-ce que tu fais?

Il répondit:

—Moi pas pati, moi bon cuisinié, moi fait mangé colonel, Algéie; moi mangé Pussiens, beaucoup volé, beaucoup.

Il gelait à dix degrés. Je grelottais devant ce nègre en coutil. Alors il me prit par le bras et me fit entrer. J'aperçus une enseigne démesurée qu'il allait pendre devant sa porte sitôt que nous serions partis, car il avait quelque pudeur.

Et je lus, tracé par la main de quelque complice, cet appel:

CUISINE MILITAIRE DE M. TOMBOUCTOU

ANCIEN CUISINIER DE S. M. L'EMPEREUR

Artiste de Paris.—Prix modérés.

Malgré le désespoir qui me rongeait le cœur, je ne pus m'empêcher de rire, et je laissai mon nègre à son nouveau commerce.

Cela ne valait-il pas mieux que de le faire emmener prisonnier?

Vous venez de voir qu'il a réussi, le gaillard.

Bézières, aujourd'hui, appartient à l'Allemagne. Le restaurant Tombouctou est un commencement de revanche.

UN DUEL

La guerre était finie; les Allemands occupaient la France; le pays palpitait comme un lutteur vaincu tombé sous le genou du vainqueur.

De Paris affolé, affamé, désespéré, les premiers trains sortaient, allant aux frontières nouvelles, traversant avec lenteur les campagnes et les villages. Les premiers voyageurs regardaient par les portières les plaines ruinées et les hameaux incendiés. Devant les portes des maisons restées debout, des soldats prussiens, coiffés du casque noir à la pointe de cuivre, fumaient leur pipe, à cheval sur des chaises. D'autres travaillaient ou causaient comme s'ils eussent fait partie des familles. Quand on passait les villes, on voyait des régiments entiers manœuvrant sur les places, et, malgré le bruit des roues, les commandements rauques arrivaient par instants.

M. Dubuis, qui avait fait partie de la garde nationale de Paris pendant toute la durée du siège, allait rejoindre en Suisse sa femme et sa fille, envoyées par prudence à l'étranger, avant l'invasion.

La famine et les fatigues n'avaient point diminué son gros ventre de marchand riche et pacifique. Il avait subi les événements terribles avec une résignation désolée et des phrases amères sur la sauvagerie des hommes. Maintenant qu'il gagnait la frontière, la guerre finie, il voyait pour la première fois des Prussiens, bien qu'il eût fait son devoir sur les remparts et monté bien des gardes par les nuits froides.

Il regardait avec une terreur irritée ces hommes armés et barbus installés comme chez eux sur la terre de France, et il se sentait à l'âme une sorte de fièvre de patriotisme impuissant, en même temps que ce grand besoin, que cet instinct nouveau de prudence qui ne nous a plus quittés.

Dans son compartiment, deux Anglais, venus pour voir, regardaient de leurs yeux tranquilles et curieux. Ils étaient gros aussi tous deux et causaient en leur langue, parcourant parfois leur guide, qu'ils lisaient à haute voix en cherchant à bien reconnaître les lieux indiqués.

Tout à coup, le train s'étant arrêté à la gare d'une petite ville, un officier prussien monta avec son grand bruit de sabre sur le double marche-pied du wagon. Il était grand, serré dans son uniforme et barbu jusqu'aux yeux. Son poil roux semblait flamber, et ses longues moustaches, plus pâles, s'élançaient des deux côtés du visage, qu'elles coupaient en travers.

Les Anglais aussitôt se mirent à le contempler avec des sourires de curiosité satisfaite, tandis que M. Dubuis faisait semblant de lire un journal. Il se tenait blotti dans son coin, comme un voleur en face d'un gendarme.

Le train se remit en marche. Les Anglais continuaient à causer, à chercher les lieux précis des batailles; et soudain, comme l'un d'eux tendait le bras vers l'horizon en indiquant un village, l'officier prussien prononça en français, en étendant ses longues jambes et se renversant sur le dos:

—Ché tué touze Français tans ce fillage. Ché bris plus te cent brisonniers.

Les Anglais, tout à fait intéressés, demandèrent aussitôt:

—Aoh! comment s'appelé, cette village?

Le Prussien répondit: «Pharsbourg.»

Il reprit:

—Ché bris ces bolissons de Français par les oreilles.

Et il regardait M. Dubuis en riant orgueilleusement dans son poil.

Le train roulait, traversant toujours des hameaux occupés. On voyait les soldats allemands le long des routes, au bord des champs, debout au coin des barrières, ou causant devant les cafés. Ils couvraient la terre comme les sauterelles d'Afrique.

L'officier tendit la main:

—Si c'hafrais le gommandement, ch'aurais bris Paris, et brûlé tout, et tué tout le monde. Blus de France!

Les Anglais, par politesse, répondirent simplement:

—Aoh! yes.

Il continua:

—Tans vingt ans, toute l'Europe, toute, abartiendra à nous. La Brusse blus forte que tous.

Les Anglais, inquiets, ne répondaient plus. Leurs faces, devenues impassibles, semblaient de cire entre leurs longs favoris. Alors l'officier prussien se mit à rire. Et, toujours renversé sur le dos, il blagua. Il blaguait la France écrasée, insultait les ennemis à terre; il blaguait l'Autriche, vaincue naguère; il blaguait la défense acharnée et impuissante des départements; il blaguait les mobiles, l'artillerie inutile. Il annonça que Bismarck allait bâtir une ville de fer avec les canons capturés. Et soudain il mit ses bottes contre la cuisse de M. Dubuis qui détournait les yeux, rouge jusqu'aux oreilles.

Les Anglais semblaient devenus indifférents, tout comme s'ils s'étaient trouvés brusquement renfermés dans leur île, loin des bruits du monde.

L'officier tira sa pipe et, regardant fixement le Français:

—Vous n'auriez bas de tabac?

M. Dubuis répondit:

—Non, monsieur!

L'Allemand reprit:

—Je fous brie t'aller en acheter gand le gonvoi s'arrêtera.

Et il se mit à rire de nouveau:

—Je vous tonnerai un bourboire.

Le train siffla, ralentissant sa marche. On passait devant les bâtiments incendiés d'une gare; puis on s'arrêta tout à fait.

L'Allemand ouvrit la portière et, prenant par le bras M. Dubuis:

—Allez faire ma gommission, fite, fite!

Un détachement prussien occupait la station. D'autres soldats regardaient, debout, le long des grilles de bois. La machine déjà sifflait pour repartir. Alors, brusquement, M. Dubuis s'élança sur le quai et, malgré les gestes du chef de gare, il se précipita dans le compartiment voisin.

Il était seul! Il ouvrit son gilet, tant son cœur battait, et il s'essuya le front, haletant.

Le train s'arrêta de nouveau dans une station. Et tout à coup l'officier parut à la portière et monta, suivi bientôt des deux Anglais que la curiosité poussait. L'Allemand s'assit en face du Français et, riant toujours:

—Fous n'afez pas foulu faire ma gommission.

M. Dubuis répondit:

—Non, monsieur!

Le train venait de repartir.

L'officier dit:

—Che fais gouper fotre moustache pour bourrer ma pipe.

Et il avança la main vers la figure de son voisin.

Les Anglais, toujours impassibles, regardaient de leurs yeux fixes.

Déjà, l'Allemand avait pris une pincée de poils et tirait dessus, quand M. Dubuis, d'un revers de main, lui releva le bras et, le saisissant au collet, le rejeta sur la banquette. Puis, fou de colère, les tempes gonflées, les yeux pleins de sang, l'étranglant toujours d'un main, il se mit avec l'autre, fermée, à lui taper furieusement des coups de poing par la figure. Le Prussien se débattait, tâchait de tirer son sabre, d'étreindre son adversaire couché sur lui. Mais M. Dubuis l'écrasait du poids énorme de son ventre, et tapait, tapait sans repos, sans prendre haleine, sans savoir où tombaient ses coups. Le sang coulait; l'Allemand, étranglé, râlait, crachait ses dents, essayait, mais en vain, de rejeter ce gros homme exaspéré, qui l'assommait.

Les Anglais s'étaient levés et rapprochés pour mieux voir. Ils se tenaient debout, pleins de joie et de curiosité, prêts à parier pour ou contre chacun des combattants.

Et soudain M. Dubuis, épuisé par un pareil effort, se releva et se rassit sans dire un mot.

Le Prussien ne se jeta pas sur lui, tant il demeurait effaré, stupide d'étonnement et de douleur. Quand il eut repris haleine, il prononça:

—Si fous ne foulez pas me rentre raison avec le bistolet, che vous tuerai!

M. Dubuis répondit:

—Quand vous voudrez. Je veux bien.

L'Allemand reprit:

—Foici la ville de Strasbourg, che brendrai deux officiers bour témoins, ché le temps avant que le train rebarte.

M. Dubuis, qui soufflait autant que la machine, dit aux Anglais:

—Voulez-vous être mes témoins?

Tous deux répondirent ensemble:

—Aoh! yes!

Et le train s'arrêta.

En une minute, le Prussien avait trouvé deux camarades qui apportèrent des pistolets, et on gagna les remparts.

Les Anglais sans cesse tiraient leur montre, pressant le pas, hâtant les préparatifs, inquiets de l'heure pour ne point manquer le départ.

M. Dubuis n'avait jamais tenu un pistolet. On le plaça à vingt pas de son ennemi. On lui demanda:

—Êtes-vous prêt?

En répondant «oui, monsieur!», il s'aperçut qu'un des Anglais avait ouvert son parapluie pour se garantir du soleil.

Une voix commanda:

—Feu!

M. Dubuis tira, au hasard, sans attendre, et il aperçut avec stupeur le Prussien, debout en face de lui, qui chancelait, levait les bras et tombait raide sur le nez. Il l'avait tué.

Un Anglais cria un «Aoh!» vibrant de joie, de curiosité satisfaite et d'impatience heureuse. L'autre, qui tenait toujours sa montre à la main, saisit M. Dubuis par le bras, et l'entraîna, au pas gymnastique, vers la gare.

Le premier Anglais marquait le pas, tout en courant, les poings fermés, les coudes au corps.

—Une, deux! une, deux!

Et tous trois de front trottaient, malgré leurs ventres, comme trois grotesques d'un journal pour rire.

Le train partait. Ils sautèrent dans leur voiture. Alors, les Anglais, ôtant leurs toques de voyage, les levèrent en les agitant, puis, trois fois de suite, ils crièrent.

—Hip, hip, hip, hurrah!

Puis ils tendirent gravement, l'un après l'autre, la main droite à M. Dubuis, et ils retournèrent s'asseoir côte à côte dans leur coin.

MES 25 JOURS

Je venais de prendre possession de ma chambre d'hôtel, case étroite, entre deux cloisons de papier qui laissent passer tous les bruits des voisins; et je commençais à ranger dans l'armoire à glace mes vêtements et mon linge quand j'ouvris le tiroir qui se trouve au milieu de ce meuble. J'aperçus aussitôt un cahier de papier roulé. L'ayant déplié, je l'ouvris et je lus ce titre:

Mes vingt-cinq jours.

C'était le journal d'un baigneur, du dernier occupant de ma cabine, oublié là à l'heure du départ.

Ces notes peuvent être de quelque intérêt pour les gens sages et bien portants qui ne quittent jamais leur demeure. C'est pour eux que je les transcris ici sans en changer une lettre.

*

* *

Châtel-Guyon, 15 juillet.

Au premier coup d'œil, il n'est pas gai, ce pays. Donc, je vais y passer vingt-cinq jours pour soigner mon foie, mon estomac et maigrir un peu. Les vingt-cinq jours d'un baigneur ressemblent beaucoup aux vingt-huit jours d'un réserviste; ils ne sont faits que de corvées, de dures corvées. Aujourd'hui, rien encore, je me suis installé, j'ai fait connaissance avec les lieux et avec le médecin. Châtel-Guyon se compose d'un ruisseau où coule de l'eau jaune, entre plusieurs mamelons, où sont plantés un casino, des maisons et des croix de pierre.

Au bord du ruisseau, au fond du vallon, on voit un bâtiment carré entouré d'un petit jardin; c'est l'établissement de bains. Des gens tristes errent autour de cette bâtisse: les malades. Un grand silence règne dans les allées ombragées d'arbres, car ce n'est pas ici une station de plaisir, mais une vraie station de santé; on s'y soigne avec conviction; et on y guérit, paraît-il.

Des gens compétents affirment même que les sources minérales y font de vrais miracles. Cependant aucun ex-voto n'est suspendu autour du bureau du caissier.

De temps en temps, un monsieur ou une dame s'approche d'un kiosque, coiffé d'ardoises, qui abrite une femme de mine souriante et douce, et une source qui bouillonne dans une vasque de ciment. Pas un mot n'est échangé entre le malade et la gardienne de l'eau guérisseuse. Celle-ci tend à l'arrivant un petit verre où tremblotent des bulles d'air dans le liquide transparent. L'autre boit et s'éloigne d'un pas grave, pour reprendre sous les arbres sa promenade interrompue.

Aucun bruit dans ce petit parc, aucun souffle d'air dans les feuilles, aucune voix ne passe dans ce silence. On devrait écrire à l'entrée du pays: «Ici on ne rit plus, on se soigne.»

Les gens qui causent ressemblent à des muets qui ouvriraient la bouche pour simuler des sons, tant ils ont peur de laisser s'échapper leur voix.

Dans l'hôtel, même silence. C'est un grand hôtel où l'on dîne avec gravité entre gens comme il faut qui n'ont rien à se dire. Leurs manières révèlent le savoir-vivre, et leurs visages reflètent la conviction d'une supériorité dont il serait peut-être difficile à quelques-uns de donner des preuves effectives.

A deux heures, je fais l'ascension du Casino, petite cabane de bois perchée sur un monticule où l'on grimpe par des sentiers de chèvre. Mais la vue, de là-haut, est admirable. Châtel-Guyon se trouve placé dans un vallon très étroit, juste entre la plaine et la montagne. J'aperçois donc à gauche les premières grandes vagues des monts auvergnats couverts de bois, et montrant, par places, de grandes taches grises, leurs durs ossements de laves, car nous sommes au pied des anciens volcans. A droite, par l'étroite échancrure du vallon, je découvre une plaine infinie comme la mer noyée dans une brume bleuâtre qui laisse seulement deviner les villages, les villes, les champs jaunes de blé mûr et les carrés verts des prairies ombragés de pommiers. C'est la Limagne immense et plate, toujours enveloppée dans un léger voile de vapeurs.

Le soir est venu. Et maintenant, après avoir dîné solitaire, j'écris ces lignes auprès de ma fenêtre ouverte. J'entends là-bas, en face, le petit orchestre du Casino qui joue des airs, comme un oiseau fou qui chanterait, tout seul, dans le désert.

Un chien aboie de temps en temps. Ce grand calme fait du bien. Bonsoir.

16 juillet.—Rien. J'ai pris un bain, plus une douche. J'ai bu trois verres d'eau et j'ai marché dans les allées du parc, un quart d'heure entre chaque verre, plus une demi-heure après le dernier. J'ai commencé mes vingt-cinq jours.

17 juillet.—Remarqué deux jolies femmes mystérieuses qui prennent leurs bains et leurs repas après tout le monde.

18 juillet.—Rien.

19 juillet.—Revu les deux jolies femmes. Elles ont du chic et un petit air je ne sais quoi qui me plaît beaucoup.

20 juillet.—Longue promenade dans un charmant vallon boisé jusqu'à l'Ermitage de Sans-Souci. Ce pays est délicieux, bien que triste, mais si calme, si doux, si vert. On rencontre par les chemins de montagne les voitures étroites chargées de foin que deux vaches traînent d'un pas lent, ou retiennent dans les descentes, avec un grand effort de leurs têtes liées ensemble. Un homme coiffé d'un grand chapeau noir les dirige avec une mince baguette en les touchant au flanc ou sur le front: et souvent d'un simple geste, d'un geste énergique et grave, il les arrête brusquement quand la charge trop lourde précipite leur marche dans les descentes trop dures.

L'air est bon à boire dans ces vallons. Et s'il fait très chaud, la poussière porte une légère et vague odeur de vanille et d'étable; car tant de vaches passent sur ces routes qu'elles y laissent partout un peu d'elles. Et cette odeur est un parfum, alors qu'elle serait une puanteur, venue d'autres animaux.

21 juillet.—Excursion au vallon d'Enval. C'est une gorge étroite enfermée en des rochers superbes au pied même de la montagne. Un ruisseau coule au milieu des rocs amoncelés.

Comme j'arrivais au fond de ce ravin, j'entendis des voix de femmes, et j'aperçus bientôt les deux dames mystérieuses de mon hôtel, qui causaient assises sur une pierre.

L'occasion me parut bonne et je me présentai sans hésitation. Mes ouvertures furent reçues sans embarras. Nous avons fait route ensemble pour revenir. Et nous avons parlé de Paris; elles connaissent, paraît-il, beaucoup de gens que je connais aussi. Qui est-ce?

Je les reverrai demain. Rien de plus amusant que ces rencontres-là.

22 juillet.—Journée passée presque entière avec les deux inconnues. Elles sont, ma foi, fort jolies, l'une brune et l'autre blonde. Elles se disent veuves. Hum?...

Je leur ai proposé de les conduire à Royat demain, et elles ont accepté.

Châtel-Guyon est moins triste que je n'avais pensé en arrivant.

23 juillet.—Journée passée à Royat. Royat est un pâté d'hôtels au fond d'une vallée, à la porte de Clermont-Ferrand. Beaucoup de monde. Grand parc plein de mouvement. Superbe vue du Puy-de-Dôme aperçu au bout d'une perspective de vallons.

On s'occupe beaucoup de mes compagnes, ce qui me flatte. L'homme qui escorte une jolie femme se croit toujours coiffé d'une auréole; à plus forte raison celui qui passe, entre deux jolies femmes. Rien ne plaît autant que de dîner dans un restaurant bien fréquenté, avec une amie que tout le monde regarde; et rien d'ailleurs n'est plus propre à poser un homme dans l'estime de ses voisins.

Aller au Bois, traîné par une rosse, ou sortir sur le boulevard, escorté par un laideron, sont les deux accidents les plus humiliants qui puissent frapper un cœur délicat, préoccupé de l'opinion des autres. De tous les luxes, la femme est le plus rare et le plus distingué, elle est celui qui coûte le plus cher, et qu'on nous envie le plus; elle est donc aussi celui que nous devons aimer le mieux à étaler sous les yeux jaloux du public.

Montrer au monde une jolie femme à son bras, c'est exciter, d'un seul coup, toutes les jalousies; c'est dire:—Voyez, je suis riche, puisque je possède cet objet rare et coûteux; j'ai du goût, puisque j'ai su trouver cette perle; peut-être même en suis-je aimé, à moins que je ne sois trompé par elle, ce qui prouverait encore que d'autres aussi la jugent charmante.

Mais quelle honte que de promener par la ville une femme laide!

Et que de choses humiliantes cela laisse entendre!

En principe, on la suppose votre femme légitime, car comment admettre qu'on possède une vilaine maîtresse? Une vraie femme peut être disgracieuse, mais sa laideur signifie alors mille choses désagréables pour vous. On vous croit d'abord notaire ou magistrat, ces deux professions ayant le monopole des épouses grotesques et bien dotées. Or, n'est-ce point pénible pour un homme? Et puis cela semble crier au public que vous avez l'odieux courage et même l'obligation légale de caresser cette face ridicule et ce corps mal bâti, et que vous aurez sans doute l'impudeur de rendre mère cet être peu désirable, ce qui est bien le comble du ridicule.

24 juillet.—Je ne quitte plus les deux veuves inconnues que je commence à bien connaître. Ce pays est délicieux et notre hôtel excellent. Bonne saison. Le traitement me fait un bien infini.

25 juillet.—Promenade en landau au lac de Tazenat. Partie exquise et inattendue, décidée en déjeunant. Départ brusque en sortant de table. Après une longue route dans les montagnes, nous apercevons soudain un admirable petit lac, tout rond, tout bleu, clair comme du verre, et gîté dans le fond d'un ancien cratère. Un côté de cette cuve immense est aride, l'autre est boisé. Au milieu des arbres une maisonnette où dort un homme aimable et spirituel, un

sage qui passe ses jours dans ce lieu virgilien. Il nous ouvre sa demeure. Une idée me vient. Je crie: Si on se baignait!... «Oui, dit-on, mais... des costumes!»

—Bah! nous sommes au désert.

Et on se baigne—.....—!

Si j'étais poète, comme je dirais cette vision inoubliable des corps jeunes et nus dans la transparence de l'eau! La côte inclinée et haute enferme le lac immobile, luisant et rond comme une pièce d'argent; le soleil y verse en pluie sa lumière chaude; et le long des rochers, la chair blonde glisse dans l'onde presque invisible où les nageuses semblent suspendues. Sur le sable du fond on voit passer l'ombre de leurs mouvements!

26 juillet.—Quelques personnes semblent voir d'un œil choqué et mécontent mon intimité rapide avec les deux veuves.

Il existe donc des gens ainsi constitués qu'ils s'imaginent la vie faite pour s'embêter. Tout ce qui paraît être amusement devient aussitôt une faute de savoir-vivre ou de morale. Pour eux, le devoir a des règles inflexibles et mortellement tristes.

Je leur ferai observer avec humilité que le devoir n'est pas le même pour les Mormons, les Arabes, les Zoulous, les Anglais ou les Français. Et qu'il se trouve des gens fort honnêtes chez tous ces peuples.

Je citerai un seul exemple. Au point de vue des femmes, le devoir anglais est fixé à neuf ans, tandis que le devoir français ne commence qu'à quinze ans. Quant à moi je prends un peu du devoir de chaque peuple et j'en fais un tout comparable à la morale du saint roi Salomon.

27 juillet.—Bonne nouvelle. J'ai maigri de six cent vingt grammes. Excellente, cette eau de Châtel-Guyon! J'emmène les veuves dîner à Riom. Triste ville dont l'anagramme constitue un fâcheux voisinage pour des sources guérisseuses: Riom, Mori.

28 juillet.—Patatras! Mes deux veuves ont reçu la visite de deux messieurs qui viennent les chercher.—Deux veufs sans doute.—Elles partent ce soir. Elles m'ont écrit sur un petit papier.

29 juillet.—Seul! Longue excursion à pied à l'ancien cratère de la Nachère. Vue superbe.

30 juillet.—Rien.—Je fais le traitement.

31 juillet.—Dito. Dito.

Ce joli pays est plein de ruisseaux infects. Je signale à la municipalité si négligente l'abominable cloaque qui empoisonne la route en face du grand hôtel. On y jette tous les débris de cuisine de cet établissement. C'est là un bon foyer de choléra.

1er août.—Rien. Le traitement.

2 août.—Admirable promenade à Châteauneuf, station de rhumatisants où tout le monde boite. Rien de plus drôle que cette population de béquillards!

3 août.—Rien. Le traitement.

4 août.—Dito. Dito.

5 août.—Dito. Dito.

6 août.—Désespoir!... Je viens de me peser. J'ai engraissé de trois cent dix grammes. Mais alors?...

7 août.—Soixante-six kilomètres en voiture dans la montagne. Je ne dirai pas le nom du pays par respect pour ses femmes.

On m'avait indiqué cette excursion comme belle et rarement faite. Après quatre heures de chemin, j'arrive à un village assez joli, au bord d'une rivière, au milieu d'un admirable bois de noyers. Je n'avais pas encore vu en Auvergne une forêt de noyers aussi importante.

Elle constitue d'ailleurs toute la richesse du pays, car elle est plantée sur le communal. Ce communal, autrefois, n'était qu'une côte nue couverte de broussailles. Les autorités essayèrent en vain de le faire cultiver; c'est à peine s'il servait à nourrir quelques moutons.

C'est aujourd'hui un superbe bois, grâce aux femmes, et il porte un nom bizarre: on le nomme «les péchés de M. le curé».

Or, il faut dire que les femmes de la montagne ont la réputation d'être légères, plus légères que dans la plaine. Un garçon qui les rencontre leur doit au moins un baiser; et s'il ne prend pas plus, il n'est qu'un sot. A penser juste, cette manière de voir est la seule logique et raisonnable. Du moment que la femme, qu'elle soit de la ville ou des champs, a pour mission naturelle de plaire à l'homme, l'homme doit toujours lui prouver qu'elle lui plaît. S'il s'abstient de toute démonstration, cela signifie donc qu'il la trouve laide; c'est presque injurieux pour elle. Si j'étais femme, je ne recevrais pas une seconde fois un homme qui ne m'aurait point manqué de respect à notre première rencontre, car j'estimerais qu'il a manqué d'égards pour ma beauté, pour mon charme, et pour ma qualité de femme.

Donc les garçons du village X... prouvaient souvent aux femmes du pays qu'ils les trouvaient de leur goût, et le curé ne pouvant parvenir à empêcher ces démonstrations aussi galantes que naturelles, résolut de les autoriser au profit de la prospérité générale. Il imposa donc comme pénitence à toute femme qui avait failli de planter un noyer sur le communal. Et l'on vit chaque nuit des lanternes errer comme des feux follets sur la colline, car les coupables ne tenaient guère à faire en plein jour leur pénitence.

En deux ans il n'y eut plus de place sur les terrains appartenant au village; et on compte aujourd'hui plus de trois mille arbres magnifiques autour du clocher qui sonne les offices dans leur feuillage. Ce sont là les péchés de M. le curé.

Puisqu'on cherche tant les moyens de reboiser la France, l'administration des forêts ne pourrait-elle s'entendre avec le clergé pour employer le procédé qu'inventa cet humble curé?

7 août.—Traitement.

8 août.—Je fais mes malles et mes adieux au charmant petit pays tranquille et silencieux, à la montagne verte, aux vallons calmes, au casino désert d'où l'on voit, toujours voilée de sa brume légère et bleuâtre, l'immense plaine de la Limagne.

Je partirai demain matin.

*

* *

Le manuscrit s'arrêtait là. Je n'y veux rien ajouter, mes impressions sur le pays n'ayant pas été tout à fait les mêmes que celles de mon prédécesseur. Car je n'y ai pas trouvé les deux veuves!

LA MORTE

Je l'avais aimée éperdument! Pourquoi aime-t-on? Est-ce bizarre de ne plus voir dans le monde qu'un être, de n'avoir plus dans l'esprit qu'une pensée, dans le cœur qu'un désir, et dans la bouche qu'un nom: un nom qui monte incessamment, qui monte, comme l'eau d'une source, des profondeurs de l'âme, qui monte aux lèvres, et qu'on dit, qu'on redit, qu'on murmure sans cesse, partout, ainsi qu'une prière.

Je ne conterai point notre histoire. L'amour n'en a qu'une, toujours la même. Je l'avais rencontrée et aimée. Voilà tout. Et j'avais vécu pendant un an dans sa tendresse, dans ses bras, dans sa caresse, dans son regard, dans ses robes, dans sa parole, enveloppé, lié, emprisonné dans tout ce qui venait d'elle, d'une façon si complète que je ne savais plus s'il faisait jour ou nuit, si j'étais mort ou vivant, sur la vieille terre ou ailleurs.

Et voilà qu'elle mourut. Comment? Je ne sais pas, je ne sais plus.

Elle rentra mouillée, un soir de pluie, et le lendemain, elle toussait. Elle toussa pendant une semaine environ et prit le lit.

Que s'est-il passé? Je ne sais plus.

Des médecins venaient, écrivaient, s'en allaient. On apportait des remèdes; une femme les lui faisait boire. Ses mains étaient chaudes, son front brûlant et humide, son regard brillant et triste. Je lui parlais, elle me répondait. Que nous sommes-nous dit? Je ne sais plus. J'ai tout oublié, tout, tout! Elle mourut, je me rappelle très bien son petit soupir, son petit soupir si faible, le dernier. La garde dit: «Ah!» Je compris, je compris!

Je n'ai plus rien su. Rien. Je vis un prêtre qui prononça ce mot: «Votre maîtresse». Il me sembla qu'il l'insultait. Puisqu'elle était morte on n'avait plus le droit de savoir cela. Je le chassai. Un autre vint qui fut très bon, très doux. Je pleurai quand il me parla d'elle.

On me consulta sur mille choses pour l'enterrement. Je ne sais plus. Je me rappelle cependant très bien le cercueil, les coups de marteau quand on la cloua dedans. Ah! mon Dieu!

Elle fut enterrée! Enterrée! Elle! dans ce trou! Quelques personnes étaient venues, des amies. Je me sauvai. Je courus. Je marchai longtemps à travers des rues. Puis je rentrai chez moi. Le lendemain je partis pour un voyage.

Hier, je suis rentré à Paris.

Quand je revis ma chambre, notre chambre, notre lit, nos meubles, toute cette maison où était resté tout ce qui reste de la vie d'un être après sa mort, je fus saisi par un retour de chagrin si violent que je faillis ouvrir la fenêtre et me jeter dans la rue. Ne pouvant plus demeurer au milieu de ces choses, de ces murs qui l'avaient enfermée, abritée, et qui devaient garder dans leurs imperceptibles fissures mille atomes d'elle, de sa chair et de son souffle, je pris mon chapeau, afin de me sauver. Tout à coup, au moment d'atteindre la porte, je passai devant la grande glace du vestibule qu'elle avait fait poser là pour se voir, des pieds à la tête, chaque jour, en sortant, pour voir si toute sa toilette allait bien, était correcte et jolie, des bottines à la coiffure.

Et je m'arrêtai net en face de ce miroir qui l'avait si souvent reflétée. Si souvent, si souvent, qu'il avait dû garder aussi son image.

J'étais là debout, frémissant, les yeux fixés sur le verre, sur le verre plat, profond, vide, mais qui l'avait contenue tout entière, possédée autant que moi, autant que mon regard passionné. Il me sembla que j'aimais cette glace,—je la touchai,—elle était froide! Oh! le souvenir! le souvenir! miroir douloureux, miroir brûlant, miroir vivant, miroir horrible, qui fait souffrir toutes les tortures! Heureux les hommes dont le cœur, comme une glace où glissent et s'effacent les reflets, oublie tout ce qu'il a contenu, tout ce qui a passé devant lui, tout ce qui s'est contemplé, miré, dans son affection, dans son amour! Comme je souffre!

Je sortis et, malgré moi, sans savoir, sans le vouloir, j'allai vers le cimetière. Je trouvai sa tombe toute simple, une croix de marbre avec ces quelques mots:

«Elle aima, fut aimée, et mourut.»

Elle était là, là-dessous, pourrie! Quelle horreur! Je sanglotais, le front sur le sol.

J'y restai longtemps, longtemps. Puis je m'aperçus que le soir venait. Alors un désir bizarre, fou, un désir d'amant désespéré s'empara de moi. Je voulus passer la nuit près d'elle, dernière nuit, à pleurer sur sa tombe. Mais on me verrait, on me chasserait. Comment faire? Je fus rusé. Je me levai et me mis à errer dans cette ville des disparus. J'allais, j'allais. Comme elle est petite cette ville à côté de l'autre, celle où l'on vit! Et pourtant comme ils sont plus nombreux que les vivants, ces morts! Il nous faut de hautes maisons, des rues, tant de place, pour les quatre générations qui regardent le jour en même temps, boivent l'eau des sources, le vin des vignes et mangent le pain des plaines.

Et pour toutes les générations des morts, pour toute l'échelle de l'humanité descendue jusqu'à nous, presque rien, un champ, presque rien! La terre les reprend, l'oubli les efface. Adieu!

Au bout du cimetière habité, j'aperçus tout à coup le cimetière abandonné, celui où les vieux défunts achèvent de se mêler au sol, où les croix elles-mêmes pourrissent, où l'on mettra demain les derniers venus. Il est plein de roses libres, de cyprès vigoureux et noirs, un jardin triste et superbe, nourri de chair humaine.

J'étais seul, bien seul. Je me blottis dans un arbre vert. Je m'y cachai tout entier, entre ces branches grasses et sombres.

Et j'attendis, cramponné au tronc comme un naufragé sur une épave.

Quand la nuit fut noire, très noire, je quittai mon refuge et me mis à marcher doucement, à pas lents, à pas sourds, sur cette terre pleine de morts.

J'errai longtemps, longtemps, longtemps. Je ne la retrouvais pas. Les bras étendus, les yeux ouverts, heurtant des tombes avec mes mains, avec mes pieds, avec mes genoux, avec ma poitrine, avec ma tête elle-même, j'allais sans la trouver. Je touchais, je palpais comme un aveugle qui cherche sa route, je palpais des pierres, des croix, des grilles de fer, des couronnes de verre, des couronnes de fleurs fanées! Je lisais les noms avec mes doigts, en les promenant sur les lettres. Quelle nuit! quelle nuit! Je ne la retrouvais pas!

Pas de lune! Quelle nuit! J'avais peur, une peur affreuse dans ces étroits sentiers, entre deux lignes de tombes! Des tombes! des tombes! des tombes! Toujours des tombes! A droite, à gauche, devant moi, autour de moi, partout, des tombes! Je m'assis sur une d'elles, car je ne pouvais plus marcher tant mes genoux fléchissaient. J'entendais battre mon cœur! Et j'entendais autre chose aussi! Quoi? un bruit confus innommable! Était-ce dans ma tête affolée, dans la nuit impénétrable, ou sous la terre mystérieuse, sous la terre ensemencée de cadavres humains, ce bruit? Je regardais autour de moi!

Combien de temps suis-je resté là? Je ne sais pas. J'étais paralysé par la terreur, j'étais ivre d'épouvante, prêt à hurler, prêt à mourir.

Et soudain il me sembla que la dalle de marbre sur laquelle j'étais assis remuait. Certes, elle remuait, comme si on l'eût soulevée. D'un bond je me jetai sur le tombeau voisin, et je vis, oui, je vis la pierre que je venais de quitter se dresser toute droite; et le mort apparut, un squelette nu qui, de son dos courbé, la rejetait. Je voyais très bien, quoique la nuit fût profonde. Sur la croix je pus lire:

«Ici repose Jacques Olivant, décédé à l'âge de cinquante et un ans. Il aimait les siens, fut honnête et bon, et mourut dans la paix du Seigneur.»

Maintenant le mort aussi lisait les choses écrites sur son tombeau. Puis il ramassa une pierre dans le chemin, une petite pierre aiguë, et se mit à les gratter avec soin, ces choses. Il les effaça tout à fait, lentement, regardant de ses yeux vides la place où tout à l'heure elles étaient gravées; et, du bout de l'os qui avait été son index, il écrivit en lettres lumineuses comme ces lignes qu'on trace aux murs avec le bout d'une allumette:

«Ici repose Jacques Olivant, décédé à l'âge de cinquante et un ans. Il hâta par ses duretés la mort de son père dont il désirait hériter, il tortura sa femme, tourmenta ses enfants, trompa ses voisins, vola quand il le put et mourut misérable.»

Quand il eut achevé d'écrire, le mort immobile contempla son œuvre. Et je m'aperçus, en me retournant, que toutes les tombes étaient ouvertes, que tous les cadavres en étaient sortis, que tous avaient effacé les mensonges inscrits par les parents sur la pierre funéraire, pour y rétablir la vérité.

Et je voyais que tous avaient été les bourreaux de leurs proches, haineux, déshonnêtes, hypocrites, menteurs, fourbes, calomniateurs, envieux, qu'ils avaient volé, trompé, accompli tous les actes honteux, tous les actes abominables, ces bons pères, ces épouses fidèles, ces fils dévoués, ces jeunes filles chastes, ces commerçants probes, ces hommes et ces femmes dits irréprochables.
Ils écrivaient tous en même temps, sur le seuil de leur demeure éternelle, la cruelle, la terrible et sainte vérité que tout le monde ignore ou feint d'ignorer sur la terre.
Je pensai qu'elle aussi avait dû la tracer sur sa tombe. Et sans peur maintenant, courant au milieu des cercueils entr'ouverts, au milieu des cadavres, au milieu des squelettes, j'allai vers elle, sûr que je la trouverais aussitôt.
Je la reconnus de loin, sans voir le visage enveloppé du suaire.
Et sur la croix de marbre où tout à l'heure j'avais lu:
«Elle aima, fut aimée, et mourut.»

J'aperçus:

«Étant sortie un jour pour tromper son amant elle eut froid sous la pluie, et mourut.»

Il paraît qu'on me ramassa, inanimé, au jour levant, auprès d'une tombe.